AF192343

Helmut Hans Growe, geboren 1952 in Reutlingen, ist Naturwissenschaftler.

Zahlreichen Italienaufenthalte führten ihn immer wieder ins Alta Badia in den Südtiroler Dolomiten, einem der angestammten Siedlungsgebiete der Ladiner. Seine Kenntnis der Ladiner mit ihren besonderen Lebensumständen zwischen Tradition und Moderne haben den Autor zu diesem Roman inspiriert.

Helmut Hans Growe

Der Carabiniere und die Ladinerin

Ein Dolomitenkrimi im Alta Badia

Bibliografische Information der Deutschen Nationalbibliothek: Die Deutsche Nationalbibliothek verzeichnet diese Publikation in der Deutschen Nationalbibliografie; detaillierte bibliografische Daten sind im Internet über dnb.dnb.de abrufbar.

© 2022 Helmut Hans Growe
Herstellung und Verlag: BoD – Books on Demand, Norderstedt
ISBN: 978-3-7568-4236-0

Inhalt

IV

Dienstag

Christa Vella schaute aus dem Fenster. Gerade war sie aufgestanden und war sofort guter Laune. Schon als sie die Augen öffnete, freute sie sich über das helle Morgenlicht, das durch die Gardinen in ihr Schlafzimmer drang. Die letzten Tage hatten hier, in den Dolomiten, Schnee und eiskalter Wind geherrscht. Die bleiernen Wolken verhüllten die zerklüfteten, majestätischen Berge, verwitterte Burgen ausgewanderter Riesen. Die ganze Landschaft ein einziges Grau in Grau. Kein Mensch mochte vor die Tür gehen. Kaum ein Skifahrer war zu sehen oder zu hören gewesen, obwohl Hochsaison herrschte. Sonst schwangen oder rutschten täglich Tausende über die Piste vor Christas Hof hinab nach Colvilla. Selbst ihren Foxterrier Tux zog es, nachdem er kurz draußen war, rasch wieder ins Haus.

Heute endlich war der Himmel aufgerissen und die Februarsonne strahlte auf die mit feierlichem Weiß bedeckte Landschaft. Alle Geräusche waren wie in Watte gedämpft. Christa zog es hinaus. Sie beschloss, ihre Einkäufe im Ort zu erledigen und dann den ganzen Nachmittag mit den Skiern auf die Piste zu gehen. Vielleicht sollte sie die Sella Ronda fahren? Mit Neuschnee und bei solchem Wetter ein Traum. Oder sollte sie doch lieber bei der Üttia Fanes, ihrer Lieblingsskihütte, einkehren und auf der sonnigen

Terrasse die Aussicht bei Germknödel und Cappuccino genießen?

Sie befreite die Scheiben ihres geliebten roten Fiat 500 vom Schnee, packte Tux auf die Rückbank und fuhr los, hinab nach Colvilla - wie meistens flott, obwohl die Straße noch nicht geräumt war. Sie hörte die Musik von Ganes, der ladinischen Frauenband: „Cun tè me stai saurì…". Sie genoss die Musik und den Anblick der herrlichen Schneelandschaft. Es glitzerte, als läge überall Brillantenstaub. Berge, Bäume, Häuser - alles trug Schneekappen. Hinein ging's in die linke Kurve und steil bergab in die rechte. Lauthals sang sie mit: „Incö te diji no! Incö te diji no!" Dabei wanderten ihre Gedanken zu Franco: Nein, mein Liebster, zu dir sage ich nicht nein! Vor der nächsten Haarnadelkurve langsam fahren! Was ist los? Hilfe! Die Bremsen! Mein Gott, die Felsen, der Zaun, der Abgrund!
Christa versuchte um die Kurve zu lenken. Das Bremspedal ging ins Leere. Alles geschah viel zu schnell. Der Wagen rutschte in die Kurve, kam von der Straße ab, durchbrach den Zaun, stürzte den Abgrund hinab und landete krachend auf der großen, gelben Skikanone am Rande der Piste. Der Airbag blähte sich explosionsartig auf. Knochen splitterten. Ein kurzer gewaltiger Schmerz durchzog ihre Brust. Christa fühlte nichts mehr, sah nichts mehr, hörte nichts mehr. Nie wieder.

Mittwoch

Eine Schar Krähen kreiste, flog auf und ab und schrie Zeter und Mordio. Eine vertraute Stimme rief: „Giovanni, Giovanni!" Er wollte hineilen. Nur quälend langsam kam er voran. Je mehr er sich mühte, umso langsamer wurde er. Aus seinem Mund drangen nur lautlose Rufe. Schwer atmend wachte Oberleutnant Giovanni Silvestri in der Frühe auf. Während er langsam zu sich kam, schaute er sich um und erblickte zwei Stühle und einen Kleiderschrank mit angeschlagenem Eichenfurnier. Erleichtert seufzte er auf, nicht etwa, weil ihm die Möbel seiner Dienstwohnung gefallen hätten, sondern weil er diesem Albtraum entkommen war.

Er grübelte darüber nach, welche Dämonen ihn immer wieder im Schlaf verfolgten. Dabei musste er an seinen Vater und seinen Onkel denken. Beide waren ermordet worden, weil sie sich geweigert hatten, das Schutzgeld an die Le Spate, die Mafiafamilie des Nachbarortes, zu zahlen. Am hellen Tag waren die beiden in ihrem Laden erschossen worden.

Die Brüder hatten das alteingesessene Lebensmittelgeschäft, das sich mitten im Dorf befand, von ihrem Vater geerbt und erfolgreich weitergeführt. In den lindgrün gestrichenen Holzregalen stapelten sich alle erdenklichen Lebensmittel bis unter die Decke. Der Geruch von Olivenöl, Kräutern, Salami, Schinken und

Käse erfüllte den ganzen Raum. Nachdem tagsüber vor allem die Frauen eingekauft und ihr Schwätzchen gehalten hatten, kamen gegen Abend die Männer und debattierten über die Olivenernte, den Fischfang, die Aufstiegschancen ihres Fußballvereins US Lecce und was sonst noch das Dorf bewegte.

Die Pistolenschüsse zerstörten diese Idylle unwiederbringlich. Ein Großaufgebot an Polizisten untersuchte den Mord. Männer in Uniform und in Zivil nahmen Spuren auf und befragten die verstörten Dorfbewohner. Den Witwen versicherten sie, alles zu tun, um die Täter zu fassen. Die Zeit verging, ohne dass die Polizei die Mörder fasste. Letztlich war das wenig überraschend. Allen saß die Angst im Nacken. Kein Staatsanwalt, kein Polizist und kein Zeuge ging das Risiko ein, wie die beiden Brüder Silvestri zu enden.

Das war vor achtzehn Jahren mehr als tausend Kilometer südlich in dem kleinen Dorf am Meer in Apulien geschehen. So endete Giovannis Kindheit völlig abrupt. Seine Mutter wusste damals vor Schmerz, Trauer und Wut kaum, wie sie weiterleben sollte. Ihrem zehnjährigen Sohn zuliebe hatte sie sich zusammengerissen und alle möglichen Gelegenheitsjobs angenommen, um über die Runden zu kommen. Den Laden musste sie letztlich unter Wert verkaufen.

Giovanni vermisste seinen starken, optimistischen Vater, der ihn, wann immer es ging, auf das Meer mitgenommen hatte. Ebenso vermisste er den Gesang seiner Mutter, die früher stets trällernd ihre Arbeit verrichtet und oft mit ihm zusammen gesungen hatte, fröhliche Melodien aus Apulien oder Ohrwürmer von Gianna Nannini. Seit damals waren ihre Lieder verstummt. Selbst seine Spielkameraden schauten immer seltener bei ihm vorbei und gingen auf Distanz, als würde das Unglück, das seine Familie getroffen hatte, an ihm haften. Wie hatte er in seiner Kindheit an Einsamkeit, bitterer Armut und ohnmächtiger Wut auf die Mörderbande gelitten!

Trotz der widrigen Umstände war er ein guter Schüler geworden. Er wollte sich möglichst viel aneignen, um es den Le Spate einmal heimzahlen zu können. Sein Abitur hatte er mit Auszeichnung bestanden. Für ein Studium an der Universität war kein Geld da. Er wollte jedoch unbedingt einen Beruf ergreifen, der ihn herausforderte. So war für ihn letztlich nur die Wahl zwischen Priester und Carabiniere geblieben. Die Entscheidung war ihm damals leichtgefallen. Zu den Klerikern, die zu feige waren, sich entschieden gegen die Mafia zu stellen, hatte er auf keinen Fall gehören wollen.

Nach seiner Offiziersausbildung wurde er vor zwei Jahren zum Oberleutnant der Carabinieri ernannt und sogleich zu seiner ersten Dienststelle nach Colvilla im Gadertal, mitten in den Dolomiten Südtirols, abkommandiert. Alles hier, die schroffen, steilen

Berge, die Kälte, der Schnee, die Ladiner, das deftige Essen, die unpersönliche möblierte Dienstwohnung gingen ihm aufs Gemüt. Wann immer er an die Kindheit zurückdachte, vermisste er - trotz der schrecklichen Geschehnisse - seine Heimat mit ihrer Wärme, ihrer hügeligen Landschaft und dem Meer.

Bevor ihn das Selbstmitleid übermannte, stand er mit einem Ruck auf. Durchs Fenster sah er, dass es wieder heftig schneite. Fröstelnd bewegte er sich unter die Dusche. Gerade als er eingeseift war, klingelte das Telefon. Fluchend ging er zu seinem Diensthandy in den Flur und hinterließ eine nasse Spur auf dem abgeschabten Linoleum.

„Pronto!", meldete er sich in ziemlich ungnädigem Tonfall.

„Buon giorno Oberleutnant Silvestri! Es ist extrem dringend."

„Brigadiere Carbone, kann das nicht warten, bis mein Dienst beginnt?"

„Scusi, aber am Apparat ist Dottore Gruber aus Bozen. Er besteht darauf, sofort mit Ihnen zu sprechen. Moment, ich stelle durch!"

Auch das noch! Der Staatsanwalt hatte ihm gerade noch gefehlt! Durchdrungen von der eigenen Bedeutung, ließ er grundsätzlich nie ein kritisches Wort oder gar Widerspruch gegen seine Anweisungen zu. Dieser Mann trug sein Ego wie seine Leibesfülle vor

14

sich her. Es war ein offenes Geheimnis, dass er mit allen wichtigen Politikern der stockkonservativen Südtiroler Partei per Du stand und umso weniger begriff, warum er noch nicht befördert worden war, noch nicht einmal zum Oberstaatsanwalt. Hinter vorgehaltener Hand flüsterte man sich zu, Dottore Grubers Geltungsdrang würde lediglich durch die Ineffizienz seiner Amtsführung übertroffen.

Nach knapper Begrüßung kam Dottore Gruber direkt zur Sache. „Sie haben sicher schon von dem schweren Autounfall gestern bei Ihnen in Colvilla gehört, bei dem die Witwe Signora Vella tödlich verunglückt ist. Halten Sie sich fest, es war Mord! Die Bremsleitungen ihres Fiats waren angesägt. Kein Wunder, dass sie aus der Kurve geschleudert wurde. Unsere Sachverständigen haben sehr schnell gearbeitet.

Können Sie sich das vorstellen, Oberleutnant Silvestri, so etwas im beschaulichen Colvilla? In dieser Idylle? Mord gab es da noch nie! Vielleicht zu Ötzis Zeiten. Wenn überhaupt, dann bringen sich die Männer aus dem Alta Badia selbst um, beim Bergsteigen, auf Skitouren, beim Paragliding oder wie auch immer", ereiferte sich der Staatsanwalt.

Silvestri kannte Signora Vella. Im vergangenen Jahr erschien sie auf der Dienststelle der Carabinieri und meldete den Diebstahl ihrer Skier, die sie vor der beliebten Fanes-Hütte abgestellt hatte. Der Verlust schmerzte sie besonders, da die Skier ein Geschenk ihres verstorbenen Ehemanns waren. Silvestri, der die Anzeige entgegennahm, hörte den recht umständlichen Erklärungen der kompakten Mitvierzigerin geduldig und aufmerksam zu. Er wies sie darauf hin, wie niedrig die Aufklärungsquote bei diesen Delikten war. Das sei ihr bewusst, entgegnete die Signora, sie wollte jedoch nichts unversucht lassen. Seither grüßten sie sich, wenn sie sich begegneten.

Bereits gestern Mittag hatte Silvestri auf seiner Dienststelle von dem Unfall gehört. Wie hier in Colvilla üblich, kümmerte sich die hiesige Polizia Locale um solche Verkehrsunfälle. Deswegen schien die Angelegenheit die Carabinieri nichts anzugehen. Der Unfall war gestern der Gesprächsstoff in der Roma Bar, Silvestris Stammlokal, gewesen. Die Einheimischen waren sich darin einig, dass das Unglück wegen des waghalsigen Fahrstils der Signora nicht verwunderlich sei. Bereits vorletzten Winter hatte sie einen schweren Unfall verursacht und ihren Wagen schrottreif gefahren, als sie vom Grödner Joch kommend viel zu schnell in eine Kurve fuhr und gegen einen Felsen prallte. Schon deshalb kam niemand auf die Idee, dass diesmal jemand nachgeholfen hatte.

Bevor Silvestri zu Wort kommen konnte, fuhr der Staatsanwalt sogleich fort: „Hiermit beauftrage ich Sie mit den Ermittlungen. Die Sache muss schnell und diskret vom Tisch! Negative Schlagzeilen können wir nicht gebrauchen. Die Unterlagen sind unterwegs zu Ihnen. Heute um zehn Uhr findet die Autopsie in der Pathologie in Bozen statt. Seien Sie also spätestens um elf Uhr dort, damit Sie so schnell wie möglich die Ergebnisse erfahren!"

Der Oberleutnant war nicht allzu zart besaitet, doch der Anblick einer Frauen- oder Kinderleiche setzte ihm jedes Mal zu. Die Aussicht, die obduzierte Signora Vella auf dem Seziertisch anschauen zu müssen, verursachte ihm ein flaues Gefühl - erst recht auf nüchternen Magen. Wenn er sich die Autopsie vorstellte, rebellierte alles in ihm. Das Aufschneiden des Schädels, dann des Oberkörpers, das Geräusch der Knochensäge, das Knacken der Knochenschere, wenn der Brustkorb aufgeschnitten wird, furchtbar! Und dann noch die Gerüche.

Silvestri versuchte es mit Diplomatie: „Dottore Gruber, es ist mir eine Ehre, dass Sie mir die Ermittlungen übertragen. Aber, so leid es mir tut, ich weiß nicht, ob ich bei den Straßenverhältnissen pünktlich sein kann. Die Pässe und Straßen sind verschneit. Ich würde gerne Oberleutnant Salvo in Bozen bitten, mich bei dem Pathologen zu vertreten."

„Haha! Guter Versuch! Wird Ihnen mulmig? Keine Sorge, Dottore Täschner wird auf Sie warten, auch wenn Sie etwas länger brauchen. Aber beeilen Sie sich!

Ach noch etwas, bevor ich es vergesse, Commissario Thaler von der Brunecker Polizei wird Sie unterstützen. Commissario Thaler ist im Gadertal aufgewachsen und kennt sich mit den Ladinern aus."

Der Oberleutnant war alarmiert. Die Carabinieri unterstanden dem Verteidigungsministerium und die Polizia di Stato dem Ministerium für Inneres. Beide Polizeiorganisationen sollten nicht nur auf ihre Mitbürger, sondern auch aufeinander aufpassen und waren in heftiger Konkurrenz miteinander verbunden. Silvestri entrüstete sich: „Dottore Gruber, seit wann arbeiten Carabinieri und die Polizia di Stato zusammen? Ich dachte, das ist in unserem Staat zu viel geballte Macht."

„Mein lieber Silvestri, im Prinzip haben Sie recht. Unsere Republik leistet sich den Luxus zweier getrennter Polizeiapparate, weil wir keinen mächtigen Staat im Staat haben wollen. Aber das mit der Zusammenarbeit ist kein unverbindliches Angebot, sondern eine Anordnung. Ich bin überzeugt davon, dass Sie jemanden brauchen, der ladinisch spricht und sich mit den hiesigen Strukturen auskennt. Sie werden bitteschön konstruktiv mit Commissario Thaler zusammenarbeiten! Sehen Sie das Ganze als Experiment einer ungewöhnlichen Kooperation."

Als erstes lenkte Silvestri seinen Dienst-Subaru zur Unfallstelle. Sein Weg führte ihn die enge gewundene

Straße quer durch Colvilla den Berg hinauf. Als er an einem der wenigen verbliebenen alten Bauernhöfe vorbeifuhr, dachte er daran, wie klein und ärmlich Colvilla noch vor drei Generationen war. Dies zeigten ältere Fotografien, die im Rathaus und in manchem Schaufenster des Ortes ausgestellt waren. Aus dem einstigen Bauerndorf hatte sich inzwischen ein kaum wiederzuerkennendes Tourismuszentrum entwickelt, das von Hotels, Sportgeschäften, Supermärkten und Optikern bis hin zu Seilbahnen alles bot, was ein Urlauber in den Bergen nur begehren konnte.

Wenn sich in der Saison, im Winter wie im Sommer, die Betten der Hotels, Pensionen und Ferienwohnungen füllten, gerieten die Einwohner des Ortes deutlich in die Minderheit. Die Sträßchen des Ortes waren von Gästen, vor allem aus Italien, Deutschland und den Niederlanden bevölkert. Im Winter sausten die Skifahrer in Massen kreuz und quer den Hang hinab. Wer im Sommer beim Wandern Ruhe und einsame Wege suchte, musste weit vom Ort entfernt in die Berge gehen.

Silvestri, der weder gerne wanderte, noch Ski fuhr, gestand sich insgeheim ein, dass der Tourismus auch annehmbare Seiten mit sich brachte. Nur wegen der Touristen existierten in Colvilla mehrere Bars und einige Restaurants mit guter Küche, die er gerne aufsuchte. Und von Zeit zu Zeit ergab sich die Gelegenheit zum Flirt mit einer Touristin.

Außerhalb der Saison kam das geschäftige Treiben im Ort zum Stillstand. Ohne die Gäste waren fast alle Übernachtungsbetriebe, Seilbahnen und die meisten Geschäfte geschlossen. Nur ein Supermarkt und eine Apotheke versorgten die im Ort Verbliebenen mit dem Nötigsten. Viele Häuser waren verlassen. Das Leben wirkte wie eingefroren. Silvestri ging es mittlerweile wie den Einheimischen. Je länger die öde Zeit zwischen den Saisonen dauerte, umso mehr sehnte er sich danach, dass die Urlauber wieder den Ort belebten.

An der Unfallstelle angekommen, stieg er vor der scharfen Kurve aus. In dem Neuschnee wirkte alles friedlich. Selbst bei diesem Schneetreiben fuhren einige unermüdliche Skifahrer auf der nahen Piste zur Talstation nach Colvilla hinab. Mehrere Meter abseits der Straße entdeckte der Oberleutnant die verbeulte Schneekanone. Ihr Anblick erinnerte ihn an ein beschädigtes Triebwerk nach einem Flugzeugabsturz. Ihn schauderte, als er sich vorstellte, mit welcher Wucht Christa Vella aus der Kurve getragen worden sein musste.

Während er über die kurvigen, schneebedeckten Straßen Richtung Bozen im dichten Schneegestöber fuhr, tobte der Kampf zweier Seelen in seiner Brust. Jetzt soll ich in diesem Mistwetter bei Eis und Schnee nach Bozen fahren und genauso wie Signora Vella aus der Kurve fliegen, nur um bei dieser Leichen-schinde-rei anwesend zu sein. Schönen Dank, dachte er. Und dann noch Staatsanwalt Gruber vor der Nase, den größten Fan dieser reaktionären Partei, die uns Süd-italiener am liebsten aus ihrem Norden rausschmei-ßen würde. Aber irgendwie freut es mich ja, dass er jetzt auf mich, den Mann aus dem Süden, angewiesen ist.

So schwankten seine Gefühle hin und her. Zuletzt siegte die Vernunft, und er gelangte zu der Einsicht, dass dieser Mord ihm die einmalige Gelegenheit bot, auf sich aufmerksam zu machen. Für einen ehrgeizi-gen Polizisten gab es hier im Alta Badia, einem Berg-tal irgendwo in den Dolomiten, nichts zu holen. Wie sollte man sich mit den wenigen Skidiebstählen, Wohnungseinbrüchen oder Dorfraufereien profilie-ren können? Er hoffte darauf, in den Süden versetzt zu werden, wenn er den Fall erfolgreich lösen würde. Er wollte weg von diesen Bergen und auch weg von den Leuten mit ihrer bäuerlichen Rückständigkeit und ihrer unverständlichen Sprache! Endlich in die Heimat, und die Mörder seines Vaters hinter Schloss und Riegel bringen!

Es waren nicht die widrigen Straßenverhältnisse oder die wenig erbauliche Aussicht auf die obdu-zierte Leiche Christa Vellas, die ihm die Laune ver-darben. Er empörte sich, dass er einen Typen von der Polizei, auch noch einen Ladiner, im Schlepptau hatte, mit dem er sich dann die Lorbeeren teilen musste! Wozu einen Commissario? Brauche ich einen Aufpasser? Na, der kann sich auf was gefasst machen! Experiment einer ungewöhnlichen Kooperation, ha!

„Zahlreiche Rippenfrakturen. Zwei Rippenfragmente durchschlugen die Aorta. Dies bewirkte eine Aortenruptur, also das Aufplatzen der Hauptschlagader. Der plötzliche Blutverlust führte zum Tod. Einziger Trost, es war ein rascher Tod."

Der Pathologe zeigte Silvestri mit leicht sardonischem Lächeln die gruseligen Details, darunter auch die durchbohrte mehr als fingerdicke Hauptschlagader, an Signora Vellas geöffnetem Brustkorb. Alles war grell vom gleißenden Licht der OP-Lampe ausgeleuchtet.

Sowohl der Anblick des aufgeschnittenen Oberkörpers der Verstorbenen als auch die Luft in der Pathologie setzten dem Oberleutnant zu. Es roch nach Desinfektionsmittel und Verwesung. Obwohl es ihn so rasch wie möglich an die frische Luft zog, wandte er sich an den Pathologen. „Danke, Dottore Täschner, sehr anschaulich und einleuchtend! Eine Frage noch: Konnten Sie herausfinden, ob Signora Vella unter irgendwelchen Erkrankungen litt? Vielleicht Epilepsie oder etwas Ähnliches? Hatte sie womöglich Drogen genommen?"

„Oberleutnant, wir arbeiten gründlich wie immer! Aber ich kann Ihnen mitteilen, dass die Obduktion keinerlei Anhaltspunkte für eine Vorerkrankung ergeben hat. Ob Signora Vella ein Anfallsleiden hatte, können wir mit unseren Mitteln nicht mehr herausfinden. Messen Sie mal bei einer Toten die Hirnströme! Wir werden uns bei ihrem Hausarzt erkundigen. Der müsste ihre Krankheiten ja kennen. Zu Drogen oder Medikamenten können wir erst nach der chemisch-toxikologischen Untersuchung etwas sagen. Da müssen Sie sich noch etwas gedulden."

Silvestri, blass im Gesicht, verabschiedete sich und verließ raschen Schrittes die Pathologie. Zurück in Colvilla, machte er bei Da Alfredo Rast und gönnte sich eine Saltimbocca alla Romana mit hausgemachten Gnocchi, dazu ein Glas Vernaccia di San Gimignano. Zusehends entspannte sich Silvestri. Die Saltimbocca mit dem milden würzigen Parmaschinken und dem frischen, zart bitteren Salbei war ein Gedicht. Noch ein Espresso, und er fühlte sich körperlich und moralisch wiederhergestellt.

In seinem Büro in der Carabinieri-Kaserne fand Silvestri die Unterlagen der Staatsanwaltschaft vor. Er verschaffte sich rasch einen Überblick, betrachtete die Fotos des auf der Seite liegenden, zerknautschten Fiats. Andere Aufnahmen zeigten die aus der Verankerung gerissene Schneekanone. Eine Notiz der kommunalen Polizei besagte, dass Zeugen Christa Vellas Wagen noch am späten Montagnachmittag, am Tag bevor sie tödlich verunglückte, im Ort gesehen hatten.

Er rief Carabiniere Incoronato und Brigadiere Carbone in sein Büro. Umgehend erschienen seine beiden Untergebenen. Die zwei bildeten ein Paar der Gegensätze: Während der im Dienst ergraute, recht untersetzte Carbone gerade so die Mindestgröße für einen Carabiniere erreichte, überragte ihn der junge, durchtrainierte Incoronato um fast zwei Haupteslängen. Beide gingen Silvestri immer mal wieder auf die Nerven. Der bedächtige Brigadiere konnte quälend umständlich sein, der ehrgeizige Carabiniere dagegen neigte zu vorschnellem Aktionismus. Andererseits schätzte er die beiden. Er konnte sich auf sie verlassen. Sie erwiesen sich bislang als zuverlässig und loyal. Er machte seine Mitarbeiter mit den bisherigen Erkenntnissen über den Fall „Vella" vertraut und erteilte erste Anweisungen.

„Ihr befragt als erstes die Nachbarn von Signora Vella. Der Täter muss die Bremsen des Fiats vorgestern abends oder in der Nacht durchgesägt haben. Findet heraus, ob jemand etwas mitbekommen hat. Lasst euch zeigen, wo der Wagen unseres Opfers abgestellt war und sucht dann dort nach Spuren."

„Si, va bene, wir machen uns gleich daran", sagte Brigadiere Carbone mit langem Gesicht.

„Habt ihr Probleme damit? ", hakte Silvestri nach.

„Nein, nein, aber Sie wissen ja, wie hier die Leute reagieren, wenn sie nur unsere Uniform sehen."

„So schlimm wird das nicht. Die werden alle ein Interesse daran haben, dass der Mord an ihrer Nachbarin aufgeklärt wird", versicherte Silvestri.

Er selbst nahm Signora Vellas Haustürschlüssel aus den Unterlagen und fuhr von der Kaserne die enge gewundene Straße in wenigen Minuten zum Haus der Verstorbenen hinauf. Inzwischen war die Abenddämmerung hereingebrochen. Nur noch einzelne Wölkchen zeigten sich am Himmel. Erste Sterne glitzerten. Für die mit Neuschnee bedeckte Winterlandschaft hatte Silvestri keine Augen. Er empfand die Gegend als unwirtlich, öde und abweisend. In der Luft lag der Geruch von Kaminfeuer. Ihm war bewusst, dass die Touristen dies anheimelnd fanden. Er konnte damit nichts anfangen. Kaum etwas fand er authentisch in diesem Ort. Von dem ursprünglichen Bauerndorf waren nur noch wenige alte Häuser erhalten geblieben. Die anderen Gebäude waren für den Tourismus im Neoalpin-Stil mit viel sichtbarem Holz gebaut worden. Am misslungensten fand Silvestri die vielen Hotels mit den überladenen Schnitzereien. Bei einigen Häusern erkannte er immerhin eine Hinwendung zu moderner Architektur.

Oben angekommen, sah er sich um. Der Sonnenhof gehörte zu einer Handvoll alter Höfe mit Schindel-dächern und Fassaden aus dunklem Holz. Sie lagen wie aufgereiht an einer schmalen Straße auf der Anhöhe. Die Idylle wurde lediglich durch ein großes modernes Hotel gestört, das sich am Rande der kleinen Siedlung befand. Nur wenige Geräusche drangen aus der Ferne gedämpft hierher. Er blickte auf die Lichter Colvillas hinab und schaute weit ins Tal hinein. Ein überwältigend friedlicher Anblick. Er pfiff durch die Zähne. Wer solche Landschaften mag, dachte er, der muss es hier grandios finden: Südlage, die Piste vor der Tür, die Aussicht auf die Dolomiten mit weiten Tälern und Bergen, die in den Himmel ragen.

Als er die Tür von Signora Vellas Haus öffnen wollte, trat ihm zu seiner Überraschung Bruno Moreda aus dem Haus der Witwe entgegen. Bruno besaß die Skihütte Ütia La Stria oben bei der Bergstation des Panorama-Lifts und dazu noch das Viersternehotel Dolomit hier auf der Anhöhe. Er gehörte zu den Dorfgranden, saß im Gemeinderat und hatte überall seine Finger im Spiel, wo Geld oder Publicity lockten. Mit seinen 68 Jahren wirkte Bruno immer noch drahtig und agil. Er war stets sportlich gekleidet, als wollte er jederzeit die Berge erklimmen, hatte einen blonden Haarschopf und auffallend grüne Augen.

Ohne Gruß ging ihn Silvestri direkt an: „Was zum Teufel haben Sie in Signora Vellas Haus zu suchen?"

„Vorhin war hier ein Fremder im Haus. Signora Vella ist meine Nachbarin, wissen Sie."

„Sie wissen schon, dass sie gestern gestorben ist."

„Ja, das ist schlimm! Aber glauben Sie mir, ich wollte hier nur nachsehen, ob alles in Ordnung ist. Nicht dass sich hier Gesindel herumtreibt."

Silvestri glaubte ein höhnisches Funkeln in Brunos Augen wahrzunehmen.

„Sehr witzig, das haben Sie sich schlau ausgedacht. Sie selbst sind der Einbrecher!"

„Nein, wirklich, da war einer. Der kam aus dem Haus und fuhr schnell mit einem dunklen großen Wagen weg."

„So, dann erzählen Sie mal: Wie sah er aus? Was hatte er an? Und was für einen Wagen hatte er?"

„Ich konnte ihn nur von Weitem sehen. Außerdem war es schon dämmrig. Der Kerl war mittelgroß, hatte dunkle Haare und trug einen dunklen Mantel, entweder schwarz oder dunkelblau. Und er fuhr einen dunklen SUV. Ich glaube einen Mercedes oder BMW."

„Und sein Alter?", setzte Silvestri nach.

„Wie gesagt, ich konnte ihn nicht genau erkennen. Ganz jung war er nicht, vielleicht so vierzig, fünfzig Jahre alt."

„Ich muss Ihnen ja wohl kaum sagen, dass Sie uns hätten rufen müssen. Wie sind Sie überhaupt hineingekommen?"

„Na mit dem Schlüssel, der liegt hinter dem Blumenkasten hier vor dem Wohnzimmerfenster. Ich habe nichts aufgebrochen und nichts entwendet", verteidigte sich Bruno.

„Und wer hat Ihnen das Versteck verraten?"

„Ach, das kennen doch alle!"

„Selbst wenn das mit dem Schlüssel stimmen sollte, sind Sie nun mal eingebrochen. Ich werde Sie jetzt sicherheitshalber einer Leibesvisitation unterziehen."

Dies ließ Bruno Moreda nur murrend über sich ergehen. Der Carabiniere fand nichts, was auf einen Diebstahl aus dem Haus hinwies. Allerdings erregte ein Jagdmesser seine Aufmerksamkeit.

„Ich bin Jäger und deshalb berechtigt, das Messer zu tragen. Ich habe vergessen, es zu Hause zu lassen", erklärte Bruno Moreda.

„Das Messer werde ich einbehalten, als mögliches Beweismittel. Wegen des Einbruchs müssen Sie mit einer Anzeige rechnen. Außerdem möchte ich wissen, wo Sie sich im Zeitraum von Montagabend bis Dienstagvormittag aufhielten."

Brunos Augen flackerten nun. „Warum interessiert Sie das?"

„Bitte beantworten Sie meine Frage."

„Montagabend haben wir die Hütte um acht Uhr zugemacht. Sie wissen ja, dass mir die Ütia La Stria gehört. Mit dem Motorschlitten bin ich direkt zu meinem Hotel, hier nebenan, gefahren. Ich hatte ein paar wichtige Gäste zu einer Weinprobe eingeladen. Das ging bis spät in die Nacht. Ich bin dann gleich ins Bett und war in der Früh ab fünf Uhr wieder auf den Beinen. Den ganzen Dienstagvormittag habe ich mich um den Betrieb und unsere Gäste gekümmert", antwortete Bruno Moreda erkennbar sauer.

„Wann genau waren Sie in Ihrem Hotel?", hakte Silvestri nach.

„Ich habe nicht auf die Uhr geschaut, das muss zwischen halb neun und neun gewesen sein."

Der Oberleutnant ließ den Gastwirt gehen und trat nun in Christa Vellas Haus. Alles war blitzblank und aufgeräumt. Es sah fast wie in einem Bergbauernmuseum aus. Die Räume waren mit Holz vertäfelt, überall alte Bauernmöbel aus massivem Holz. Nippes, rotweiß-karierte Vorhänge, die bestickten Kissen auf den Stühlen und dem Sofa zeigten die Handschrift einer Frau. Die Räume waren kalt; kein Wunder, der Kachelofen, der die unteren Räume sonst erwärmte, war sicher seit gestern früh nicht mehr beheizt worden. Beim Umhergehen knarrten die alten Holzdielen.

Als er sich im Wohnzimmer umsah, fiel Silvestri auf, dass das Ölgemälde vom Sassongher, dem markanten Berg über dem Gadertal, leicht schräg hing. Eigenartig, da stimmt was nicht, dachte er, wo sonst alles so ordentlich und akkurat ist. Er nahm das Bild ab, untersuchte es und triumphierte, als er auf der Rückseite einen Briefumschlag, beschriftet mit ‚Testament Christa Vella', fand. Rasch öffnete er den Umschlag und musste enttäuscht feststellen, dass er nur Brocken des Schriftstückes verstand. Es war in ladinischer Sprache verfasst. Obwohl er in der Schule ziemlich gut in Latein war und Ladinisch damit verwandt sein sollte, gelang es ihm lediglich, das Datum des Testaments zu entziffern. Es war offenbar am Dienstag der vorigen Woche abgefasst worden, also genau eine Woche vor Signora Vellas Tod.

Am Abend, seine Dienstzeit war schon längst vorbei, suchte Silvestri den Bürgermeister im Rathaus auf. Die Größe des Gebäudes stand in merkwürdigem Gegensatz zu der kleinen Gemeinde. Die gänzlich mit Holz verkleidete Fassade war reich mit Schnitzereien verziert. Spötter sprachen vom Alpenbarockstil. Dagegen war das Büro des Bürgermeisters in kühler eleganter Nüchternheit gestaltet. Der füllige Mann thronte auf einem mächtigen Sessel hinter einem gewaltigen Schreibtisch aus Nussbaumholz und Chrom. Er fixierte den Oberleutnant aus seinen Schweinsäuglein und begrüßte ihn, bemüht darum, mit bedachtem und deutlich artikuliertem Sprachfluss die Autorität seines Amtes zu betonen. „Habe die Ehre, Herr Oberleutnant, was führt Sie zu so später Stunde zu mir?"

„Der tödliche Unfall von Signora Vella war kein Zufall, sondern Mord."

„Um Gottes Willen, wie schrecklich! Das will ich mir gar nicht vorstellen! Jemand aus unserer Gemeinde! Wer tut denn so etwas Grausames?"

„Genau das möchte ich herausfinden."

„Und dazu kommen Sie zu mir?"

„Sie als Bürgermeister kennen doch alle im Ort und können mich über Signora Vella ins Bild setzen. Mich interessiert alles: Was machte sie? Welche Freunde und Bekannte hatte sie? Gibt es Verwandte? Was ist mit ihrem Hof?"

Der Bürgermeister zog die Augenbrauen hoch, spitzte den Mund und erinnerte Silvestri so an einen Igel. „Christa Vella stammte zwar aus einem anderen Tal, aber sie ist, … leider muss man ja jetzt sagen war Ladinerin."

„Und warum ist das so wichtig, dass sie Ladinerin war und aus einem anderen Tal?", hakte Silvestri nach.

„Was heißt wichtig? Wir Einheimischen sind nun mal Ladiner. Kennen Sie sich überhaupt mit unserer Geschichte aus?"

Silvestri schob seinen Unterkiefer vor, während er überlegte, was er darauf antworten sollte.

„Also nein", stellte der Bürgermeister fest und fuhr fort: „Lieber Oberleutnant, wir befinden uns hier in uraltem ladinischem Siedlungsgebiet. Schon als das

Römische Reich im Untergang war und die Germanen vom Norden und die Slawen vom Osten durch unsere Gegend zogen, konnten sich unsere Vorfahren in ihren Bergtälern behaupten. Auch als die Bajuwaren später, im fünften Jahrhundert, über den Brenner kamen und sich in den Haupttälern dieser Region festsetzten, haben wir, die Ladiner, unsere eigene Sprache und Kultur beibehalten, und das, bis in die heutige Zeit."

Er berichtete, wie die ladinische Sprache von Italienern und Deutschen als schlechtes Latein abgewertet wurde, wie man die Ladiner als Bauern und Hinterwäldler abstempelte und sie als Volksgruppe nicht anerkennen wollte. Mit den Deutschen meinte er insbesondere die deutschstämmige Bevölkerungsmehrheit Südtirols.

„Auch wenn man uns Ladinern seit den siebziger Jahren einige Rechte zugestanden hat, müssen wir ständig für die Durchsetzung unserer Autonomie kämpfen. Immerhin konnten wir gegen die Bozener Regierung durchsetzen, dass unsere Kinder in der Schule Ladinisch lernen. Leider sind dabei nicht mehr als zwei Stunden pro Woche herausgekommen! Viel zu wenig! Selbst eine offizielle ladinische Schriftsprache verhindern die Bozener. Und das ausgerechnet in der autonomen Provinz Südtirol! Inzwischen unterstützt uns sogar die Gesellschaft für bedrohte Völker!"

Einen so ausführlichen Exkurs über die Geschichte der Ladiner hatte Silvestri nicht provozieren wollen und überlegte, wie er das Gespräch auf den Fall zurücklenken konnte. Er atmete auf, als der Bürgermeister das Thema wechselte. „Was Ihre Ermittlungen angeht, möchte ich Sie bitten, seien Sie diskret! Die Urlauber kommen hierher, um ihre Alltagssorgen zu vergessen. Sie genießen unsere schöne Natur, die Berge, das Ambiente und unsere Gastronomie. Ein Mord hier bei uns? Undenkbar, das darf nicht an die große Glocke kommen. Also, seien Sie bitte behutsam, auch im Umgang mit der Presse! Ich kann mir schon die Schlagzeilen vorstellen: Skibegeisterte Südtirolerin von Schneekanone erschlagen! Et cetera, et cetera…"

Silvestri bemühte sich, den Redeschwall so höflich wie möglich zu unterbrechen. „Herr Bürgermeister, zwei Dinge haben wir gemeinsam. Wir beide möchten, dass der Mörder möglichst rasch gefasst wird. Und an Presserummel bin ich auch nicht interessiert. Journalisten, die mir womöglich ins Handwerk pfuschen, kann ich als letztes brauchen."

Im weiteren Verlauf war der Bürgermeister weniger gesprächig. Nach einigem Nachhaken erfuhr Silvestri, dass Christa Vella seit fünf Jahren Witwe war und von ihrem Ehemann Heiner den stark sanierungsbedürftigen Sonnenhof geerbt hatte. Signora Vella hatte bis vor zwei Jahren Zimmer an Urlauber vermietet. Bei einer Routinekontrolle stellte sich heraus, dass die elektrischen Anlagen mit der Zeit völlig veraltet waren und eine Gefahr für Leib und Leben darstellten. Deshalb wurde ihr behördlich untersagt, weiterhin Zimmer an Gäste zu vermieten.

„Diese Behörde waren wahrscheinlich Sie selbst", warf der Oberleutnant ein.

„Wenn Sie so wollen. So etwas ist eine Angelegenheit der Gemeinde. Es gab in der Sache keinerlei Ermessensspielraum, falls Sie irgendetwas andeuten wollen."

Außerdem berichtete der Bürgermeister, dass Heiners Schwester Bernadette Kumpatscher wegen eines Pflichtteils am elterlichen Erbe vor dem Bozener Amtsgericht gegen Christa Vella prozessierte. Genaueres konnte er aber dazu nicht sagen.

Verwandte hatte Christa Vella in Colvilla keine. Jedoch wohnten die Geschwister Sandra und Freddy Costiner, die Christa von Kindesbeinen an großgezogen hatte, hier im Ort. Die leibliche Mutter war vor fast dreißig Jahren jung gestorben. Der Witwer, Alfred Costiner, war damals restlos damit überfordert, sich sowohl um die kleinen Kinder, als auch um den Haushalt zu kümmern. Deshalb suchte er jemanden, der ihm den Haushalt führen und auch die Kinder betreuen sollte. Nach nicht allzu langer Zeit gelang es ihm, die junge, achtzehnjährige Christa dafür zu gewinnen. Sie lebte von da ab bei den Costiners, hielt den Haushalt am Laufen und zog Sandra und Freddy mit großem Engagement auf. Der Bürgermeister empfahl, die beiden zu befragen, da sie sicher mehr als er über Christas Leben erzählen konnten.

Zum Abschied gab er dem Oberleutnant mit auf den Weg: „Seien Sie sicher, von uns war das keiner! Wir Ladiner können vielleicht manchmal schroff oder kantig sein, aber wir sind keine Wilden und schon gar keine Verbrecher!"

Während er zur Kaserne zurückfuhr, zog Silvestri Bilanz. Was habe ich bislang? Eine Ermordete, die Todesursache, den Tathergang. Immerhin, das Motiv könnte mit dem Sonnenhof zusammenhängen. Einen eindeutig Verdächtigen sehe ich im Moment noch nicht. Ein Himmelreich für einen schnellen Ermittlungserfolg!

In der Einsamkeit seiner Dienstwohnung hielt es Silvestri nicht lange aus. Er zog sich rasch um. Jetzt in Zivil mit Jeans und schicker, wattierter Jacke unterschied er sich nicht von den anderen Italienern seines Alters. Zunächst kehrte er in der besten Pizzeria im Ort, dem Forno, ein. Dort genoss er eine Pizza Caprese aus dem Steinofen mit dem so einfachen wie raffinierten Belag aus Büffelmozzarella, Kirschtomaten und frischen Salbeiblättern.

Weiter zog es ihn zur Roma Bar. Das elegante Lokal war seine Zufluchtsstätte. Silvestri setzte sich an die Bar zu Jamal, dem Wirt, und begrüßte ihn. Die meisten Tische des Lokals waren mit Touristen besetzt. Sie saßen in den bequemen, mit Leder bezogenen Sesseln und Sofas. Einige unterhielten sich sehr lebhaft, andere wirkten, als wären sie von ihren Tagesaktivitäten, der Höhenluft oder ihrem Abendessen ermattet.

Mit Jamal war Silvestri befreundet. Beide fühlten sich in Colvilla als Außenseiter und verstanden sich oft auch ohne Worte. Er, der Süditaliener und , Jamal, der Migrant aus Libyen im äußersten Norden Italiens bei den Ladinern. Nachdem Silvestri seinen abendlichen Espresso getrunken hatte, bestellte er einen Single Malt Bourbon.

„Hast du schon gehört, Signora Vella wurde ermordet? Kanntest du sie eigentlich?", wandte er sich an Jamal.

„Ermordet? Wie furchtbar! Ich dachte, es wäre ein Unfall, davon reden ja alle. Ich kannte sie gut, sie war sehr sympathisch. Noch besser kannte ich ihren Ehemann, den Heiner. Beide besuchten regelmäßig meine Bar."

„Interessant, erzähle doch mal."

„Wo soll ich anfangen? Heiner Vella war im Winter Skilehrer und im Sommer Bergführer. Was er verdiente, reichte ihm, um gut zu leben. Den Sonnenhof hatte er von seinen Eltern geerbt, bewirtschaftete ihn aber nicht weiter. Lieber genoss er sein Leben! Skifahren konnte er genauso gut wie mit Frauen umgehen. Fast jede Woche hatte er eine andere. Sich binden oder eine Familie gründen wollte Heiner auf keinen Fall.

Umso überraschter waren wir alle, dass ihn die junge, bodenständige Christa einfing und ihn dann auch noch dazu brachte, zu heiraten. Allerdings, so ganz ließ der Kater das Mausen nicht. Auch nach der Hochzeit gab es immer mal wieder eine andere. Dennoch schien die Ehe gut zu funktionieren. Wenn ich das Paar traf, wirkten beide glücklich miteinander."

„Aber dann starb Heiner", warf Silvestri ein.

„Ja, leider, wenige Jahre nach der Hochzeit erkrankte Heiner an Diabetes. Christa kümmerte sich sehr um ihn und sorgte dafür, dass gesundes Essen auf den Tisch kam. Aber auf seinen geliebten Merlot wollte oder konnte Heiner nicht verzichten. Auch wenn es fast vorhersehbar war, kam sein Tod recht schnell und überraschend. Vielleicht war auch alles zu viel für seine Leber. Jedenfalls erbte Christa den Bauernhof, aber darum gab's seither reichlich Ärger. Auf einmal glaubten jede Menge Leute, sie hätten einen Anspruch auf den Sonnenhof."

„Seltsam, es ist doch üblich, dass die Ehefrau ihren Gatten beerbt."

„Das liegt daran, dass man hier keine Zugereisten haben will. Christa, zum Beispiel, ist im Fassatal geboren, keine zwanzig Kilometer von hier entfernt. Das reicht schon, dass sie nicht als Einheimische angesehen wird. Der gönnt man das Erbe nicht. Schon gar nicht einen ganzen Hof!"

Silvestri bemerkte, wie zwei sportlich gekleidete Touristinnen das Lokal betraten. Beide wirkten unternehmungslustig. Silvestri tippte auf Freundinnen aus Schweden oder Deutschland, die eine mit hellblonden Locken, die andere mit dunklen, langen Haaren. Als sich die zwei jungen Frauen der Bar näherten, zwinkerte ihm Jamal zu. Während die Dunkelhaarige bei dem Wirt zwei Gläser Prosecco bestellte, fiel Silvestri auf, dass die andere ihn musterte. Als sich ihre Blicke trafen, schaute er ihr einen Moment lang in die Augen. Nachdem sich die Freundinnen zugeprostet hatten, wandte sich die Blonde Jamal zu und fragte ihn in akzentfreiem Italienisch, wo man hier in Colvilla ausgehen könne.

„Oh, am besten in meine Bar. Hier gibt's die besten Drinks und die sympathischsten Leute. Wenn ihr jedoch tanzen wollt, gibt es in Colvilla den Hexenkessel. Die Disco findet ihr die Straße hoch auf der linken Seite", antwortete der Wirt.

Silvestri mischte sich ein. „Ich konnte gar nicht heraushören, aus welcher Region Sie kommen? Von hier sind Sie jedenfalls nicht. Vielleicht aus Bologna?"

„Nein, nein, wir sind Berlinerinnen", antwortete die Dunkelhaarige schmunzelnd.

„Sie sprechen so gutes Italienisch", staunte Silvestri.

„Das haben wir unserer Schule zu verdanken. Wir waren auf dem deutsch-italienischen Gymnasium in Berlin, die Hälfte unserer Lehrer waren Italiener", erklärte die Blonde.

„Beeindruckend! Und jeder Berliner Schüler kann diese Schule besuchen?", interessierte sich Silvestri.

„Ja, meine Eltern sind absolute Italienliebhaber, sie verehren alles Italienische, das Essen, die Sprache, das Meer, die Menschen. Deshalb haben sie mich schon als Sechsjährige auf die deutsch-italienische Schule geschickt", erzählte die Dunkelhaarige.

„Ja, ihr Deutschen liebt Italien, aber versteht ihr überhaupt, wie Italien funktioniert?", bemerkte Silvestri.

„Ich weiß nicht genau, worauf Sie anspielen. Wenn es um italienische Parteien und Politiker geht, verstehen wir tatsächlich vieles nicht, vor allem nicht, welche Typen an die Macht kommen", meinte die Blonde, ernst geworden.

„Entschuldigung, ich wollte nicht die Stimmung verderben. Mir geht es genauso wie Ihnen, auch ich bin fassungslos, wer bei uns regiert! Auf jeden Fall beneide ich Sie darum, zwei Sprachen perfekt zu beherrschen. Was das Ausgehen in Colvilla angeht, kann man es sicher nicht mit Berlin vergleichen", versuchte Silvestri das Thema zu wechseln.

„Waren Sie denn schon einmal in Deutschland und in Berlin?", fragte ihn die Dunkelhaarige.

„Nein, leider noch nicht. Meine Kollegen wollen mich überreden, mit ihnen das Münchner Oktoberfest zu besuchen. Diese Blasmusik und das viele Bier sind jedoch nicht mein Fall. Aber ein Freund hat letztes Jahr Berlin besucht. Die vielen Galerien und die Clubs haben ihn begeistert. So bald wie möglich fahre ich dorthin."

Und so kamen sie ins Gespräch über ihre Reisen und unterhielten sich über die Besonderheiten verschiedener Länder und Städte. Giovanni staunte, wohin die beiden Berlinerinnen schon gereist waren, von Shanghai bis Buenos Aires, von Montreal bis Neu Delhi. Zwischendurch hatte er immer wieder Blickkontakt mit der Blondgelockten.

Als die Gläser leer waren, spendierte Jamal allen ein Glas Prosecco: „Cin cin, mi chiamo Jamal."

„Salute, ich heiße Giovanni."

„Prost, ich bin Lisa", stellte sich die Blonde vor.

„Salute, und ich bin Judith", machte sich die Dunkelhaarige bekannt und wandte sich an Silvestri: „Du hörst dich auch nicht wie ein Einheimischer an."

Der lachte und bekannte: „Ich stamme aus dem Süden, aus Apulien."

Giovanni schwärmte von seiner Heimat mit dem Meer, den Stränden und der zerklüfteten Küste, der hügeligen Landschaft, dem Wein und der Wärme. „Ihr müsst unbedingt dort hinreisen. Es ist traumhaft schön."

Wie unabsichtlich berührte er mit seiner rechten Lisas linke Hand, mit der sie sich auf die Bar stützte. Als sie diese liegen ließ und ihn fragend anschaute, lächelte er ihr zu und schlug vor, das Lokal zu wechseln und die nahe Rico Bar zu besuchen. Er versprach, dass man dort die besten Tramezzini im Ort serviert bekam.

Auf dem schneeglatten Weg zur Bar hakte sich Lisa bei Giovanni ein. Während er sich noch überlegte, wie er es anstellen könnte, mit ihr alleine zu sein, kam ihnen eine Gruppe junger Frauen und Männer entgegen, die Judith und Lisa fröhlich begrüßten. Silvestri erfuhr, dass sie im gleichen Hotel wie die beiden Freundinnen wohnten und den heutigen Tag mit ihnen gemeinsam auf Skiern verbracht hatten. Sie waren auf dem Weg zum Hexenkessel und forderten die drei dazu auf, sich ihnen anzuschließen. Lisa und Silvestri winkten ab. Judith dagegen zog gerne mit der ausgelassenen Gruppe in die Disco weiter.

In der Rico Bar blieben Lisa und Silvestri beim Prosecco. Die Tramezzini waren mit Thunfisch und Kapern belegt, andere mit rohem Schinken, Mozzarella und Rucola oder mit Mortadella, Artischocken und Pilzen. Lisa war begeistert und lobte die wunderbar aufeinander abgestimmten Geschmackskombinationen.

„Giovanni, in welcher Skihütte kehrst du am liebsten ein?", fragte Lisa ziemlich unvermittelt. Silvestri fühlte sich ertappt.

„Bedaure, ich muss dir ein Geständnis machen: Ich fahre gar nicht Ski."

„Oh, das ist aber schade. Ich dachte wir könnten morgen zusammen… Aber was führt dich denn sonst ausgerechnet im Winter in die Berge?"

Giovanni Silvestri erzählte, dass er beruflich in Colvilla zu tun habe. Dass er Offizier bei den Carabinieri war, mochte er lieber nicht preisgeben. Aus leidiger Erfahrung wusste er, dass er damit oft genug auf Ablehnung stieß. Alle ließen sich gerne vor Kriminalität schützen, aber kaum jemand wollte etwas mit Polizisten zu tun haben, auch nicht im Privaten.

Lisa fragte nicht weiter nach. Sie erzählte begeistert vom Skifahren, von dem Gefühl der Freiheit beim Hinabgleiten der Hänge, von den herrlichen Ausblicken auf die Berge und Täler der Dolomiten und von den gemütlichen Hütten. Es hörte sich fast so an, als wollte sie Silvestri zum Skifahren bekehren. Dabei wirkte sie so lebhaft, dass Silvestri hingerissen war. Er schaute ihr nun lange in die Augen und küsste sie. Als sie seinen Kuss erwiderte, hörte er sein Herz pochen.

Ohne dass er es gewollt hätte, drängte sich jetzt, im unpassendsten Moment, die Frage auf, wohin das alles führen sollte. Er erinnerte sich mit Unbehagen daran, dass alle seine Liebschaften spätestens nach wenigen Wochen endeten und sich in Luft aufzulösen schienen. Er war sich nicht sicher, ob dies an ihm lag, ob er sich immer die Falsche aussuchte oder ob dies unglücklichen Umständen geschuldet war.

In Colvilla biss er bei den Ladinerinnen auf Granit. So sehr er auch seinen Charme spielen ließ, sie lächelten kurz zurück, blieben jedoch verschlossen. Für ihn eine ungewohnte Erfahrung, eigentlich fiel es ihm nicht schwer, ein Frauenherz zu erobern. Hier, mitten in den Dolomiten, fühlte er sich so einsam, dass er sich hin und wieder auf einen Flirt mit einer Touristin einließ. Anschließend nahm er sich jedesmal vor, solche unverbindlichen Affären zu meiden. Aber schließlich war er auch nur ein Mann, und die junge Berlinerin gefiel ihm.

Später, nach einem weiteren Prosecco und mehreren leidenschaftlichen Küssen, äußerte sich Lisa: „Wie ich Judith kenne, tanzt sie die ganze Nacht durch."

„Wie schön", dachte Silvestri.

Bald machten sie sich eng umschlungen auf den Weg zum Hotel Edelweiß, ihrer Unterkunft.

Donnerstag

Früh um halb acht holte der Wecker einen ziemlich unausgeschlafenen Giovanni Silvestri aus dem Bett. Er benötigte kurze Zeit, um sich zu sortieren, und erinnerte sich an die letzte Nacht. Gegen Morgen hatte er sich aus Lisas Zimmer geschlichen und das Hotel verlassen. So unkompliziert, wie sie sich kennengelernt hatten, so selbstverständlich hatte sich alles andere ergeben. Was für eine Nacht!, dachte Silvestri, wenn sie nur nicht so weit weg, in Berlin, wohnen würde!

Dann holten ihn die Gedanken an den Mordfall wieder in die Gegenwart. Kurz entschlossen wälzte er sich aus dem Bett.

Um acht Uhr betrat er in Uniform und frisch rasiert die Diensträume der Kaserne. Dort begrüßte ihn Brigadiere Carbone: „Salve, Oberleutnant, Sie hatten recht. Die Nachbarn von Signora Vella sind sehr betroffen von dem Mord und sagen, sie würden uns gerne helfen, aber keiner hat etwas gesehen. Wir haben uns auch die Stelle zeigen lassen, wo der Fiat der Signora normalerweise geparkt war. Da ist alles dick zugeschneit. Nicht eine einzige Spur zu entdecken. Einem Nachbarn aber ist etwas aufgefallen. Am Montagabend um circa sechs Uhr bellte Signora Vellas Foxterrier hartnäckig, was sonst kaum vorkommt. Dem Nachbarn erschien das sehr merkwürdig."

„Gut, immerhin besser als gar nichts. Habt ihr denn alle Nachbarn erreicht?"

„Nur in zwei Häusern haben wir noch keinen angetroffen. Ich mache mich gleich mit Carabiniere Incoronato erneut auf den Weg dorthin."

Die Befunde aus der Pathologie und der Spurensicherung aus dem Sonnenhof lagen noch nicht vor, auch nicht die Übersetzung des Testaments. Seufzend beschloss Silvestri, seinen Morgenkaffee einzunehmen.

Er schlüpfte in seinen Mantel und wurde vor der Kaserne von einem eisigen Wind empfangen, am Himmel türmten sich graue Wolken. Er schüttelte sich kurz und ging mit raschen Schritten zur Roma Bar. Jamal brachte ihm ungefragt seinen Espresso mit einem Hörnchen und seine bevorzugte Zeitung, den Corriere della Sera. Über den vergangenen Abend verloren die Freunde kein Wort.

Nachdem Silvestri mit sichtlichem Genuss seinen Kaffee getrunken hatte, trat Jamal zu ihm: „Hast du die neusten Umfragen zu den Parlamentswahlen gelesen? Die Liga wird wohl an die Regierung kommen! Erst wollen die das Land spalten, jetzt wollen sie auch noch uns Migranten vertreiben."

„Sogar von den Touristinnen müssen wir uns sagen lassen, was für schräge Vögel hierzulande gewählt werden!", schimpfte Silvestri. „Porca Miseria! Warum bekommen wir keine Regierung, die das

Land zusammenhalten will? Mit Politikern, die Werte wie Humanität, Toleranz und Weltoffenheit vertreten und nicht nur ihren blanken Machtzynismus. Jahrelang hatten wir einen Betrüger als Ministerpräsidenten, der außer seinem Ego und seinen zwielichtigen Geschäften nur Bunga-Bunga im Kopf hatte. Und jetzt steht eine Koalition von Clowns und rechtsradikalen Populisten vor der Tür."

„Allerdings! Es wird immer schlimmer! In Mailand, der Heimatstadt meiner Frau, verbreiten die von der Liga die irrwitzige Idee, Rassentrennung im öffentlichen Verkehr einzuführen. Wie stellen die sich das vor!? Wenn wir zukünftig Mailand besuchen, muss ich in der U-Bahn dann in den letzten Waggon gehen, meine Frau in den ersten und wohin gehören unsere Kinder!?"

„Unglaublich alles! Unglaublich!", stöhnten beide resigniert

Oberwachtmeister Walter Moroder von der Polizia Locale Colvillas betrat die Bar und setzte sich an einen Tisch, von dem aus er die ganze Bar und das Treiben auf der Straße im Blick hatte. Der Oberwachtmeister war in Colvilla seit über dreißig Jahren stationiert. Das raue Klima, der Dienst im Freien und das Alter hatten sein Gesicht wie die umliegenden Berge verwittern lassen. Silvestri trat sogleich auf ihn zu.

„Salve, Agente Moroder, erlauben Sie?", fragte er und setzte sich zu dem Oberwachtmeister.

„Es geht um den Tod von Signora Vella. Was ich mit Ihnen bespreche, ist inoffiziell. Signora Vella ist Opfer eines Mordanschlags geworden."

„Eine üble Geschichte. Ich habe bereits davon gehört, die Bremsen…"

„Porca Miseria, woher haben Sie das? Das sollte sich nicht herumsprechen!", unterbrach ihn der Oberleutnant und überlegte, dass die undichte Stelle nur Brigadiere Carbone sein konnte, den er schon öfters mit dem Wachtmeister in der Tirol Bar zusammen gesehen hatte. Mit dem werde ich ein ernstes Wort reden müssen, nahm er sich vor.

„Lieber Oberleutnant, ein Dorfpolizist hat so seine Quellen", antwortete Moroder.

„Das glaube ich Ihnen gerne, und darum meine Bitte. Sie kennen doch alle Leute hier. Vielleicht hat jemand etwas beobachtet oder gehört. Manchmal hilft uns schon ein vager Hinweis."

„Das ist Ehrensache! Hier, in meinem Colvilla bleibt kein Verbrechen ungesühnt. Wissen Sie, wir Moroders sorgen schon seit Generationen für Recht und Ordnung in Colvilla."

„Ottimo! Grazie! Aber bitte keinerlei Details an andere", bedankte sich Silvestri.

Inzwischen hatte es wieder zu schneien begonnen, auf dem Weg zurück zur Kaserne registrierte Silvestri missmutig, wie sich seine Schuhe mit Schneematsch vollsogen. In der Kaserne empfing ihn Brigadiere Carbone und teilte ihm gestenreich unter vielsagenden Blicken mit, dass Commissario Thaler in seinem Büro wartete.

„Na, dem werde ich gleich mal zeigen, wer hier das Sagen hat", nahm sich Silvestri vor, trat in sein Büro und sah sich einer sportlich gekleideten Frau gegenüber, die blonden Haare lässig hochgesteckt. Sie stand auf und reichte ihm die Hand. „Darf ich mich vorstellen? Commissario Daniela Thaler. Wir sollen im Fall „Vella" zusammenarbeiten."

Silvestri war fassungslos. Den Commissario hatte er sich als älteren ladinischen Bergschrat und nicht als eine junge, attraktive Frau vorgestellt. Vom Sehen im Ort kannte er sie bereits. Vor einigen Wochen war sie ihm in der Roma Bar aufgefallen, als sie sich mit Einheimischen angeregt unterhielt. Sie erinnerte ihn an die Schauspielerin Laura Chiatti. Schon damals hätte er sie am liebsten angesprochen. Nun befand er sich in der Zwickmühle. Einerseits wollte er die Kollegin von der Polizia nicht verprellen, aber andererseits keinesfalls bei den Ermittlungen die Zügel aus der Hand geben. Er musste sich erst fassen und antwortete nach einigem Zögern ziemlich steif: „Ehem ja, Sie sollen uns unterstützen. Angenehm, ich bin Oberleutnant

Giovanni Silvestri und leite die Ermittlungen, wie Sie ja sicher schon von Staatsanwalt Gruber wissen."

„Nicht ganz, Herr Oberleutnant. Er sprach von Kooperation. Mir ist durchaus bewusst, dass wir für völlig verschiedene Organisationen arbeiten, die oft genug miteinander konkurrieren, aber hier geht es um Zusammenarbeit, und zwar auf Augenhöhe. Ich denke, das wird uns schon gelingen. Meinen Sie nicht auch?"

Silvestri ärgerte sich über sich selbst, dass er es gleich mit seinen ersten Worten vermasselt hatte, und ruderte zurück. „Absolut! Absolut! Lassen Sie uns am besten gleich beginnen. Was wissen Sie bereits über den Fall?"

„Wenig. Nur, dass die Bremsen des Autos manipuliert wurden. Christa kannte ich gut. Sie war die Friedfertigkeit in Person. Ich kann mir überhaupt nicht vorstellen, wie jemand auf die Idee kommen konnte, sie zu ermorden", meinte Thaler.

Nun fasste Silvestri das Wichtigste zusammen. Wie der Mord verlaufen sein musste, was die Obduktion bislang erbracht hatte, was die Akten ergaben und dass der Täter, falls es nur einer war, die Bremsschläuche von Signora Vellas Wagen zwischen Montagabend und Dienstagmorgen durchtrennt haben musste. Auch erzählte er von dem Fund des Testaments in Christa Vellas Haus und von seiner

Begegnung mit Bruno Moreda, als dieser in das Haus der Ermordeten eingebrochen war.

„Was, der Bruno ist bei Christa eingebrochen?", wunderte sich die Kommissarin.

„Ah, Sie kennen ihn? Ich dachte, Sie kommen aus Bruneck."

„Klar kenne ich den, ich bin ja hier aufgewachsen. Das mit dem Bruno wundert mich. Der ist zwar reichlich umtriebig, aber kriminell?"

„Er rechtfertigte sich damit, dass ein Fremder in das Haus eingedrungen sei und er nur nachsehen wollte, ob alles in Ordnung war. Als Nachbarschaftsdienst sozusagen."

„Na, das würde ich ihm auch nicht abnehmen."

„Mir brennt noch eine andere Sache unter den Nägeln. Das Testament von Signora Vella. Sie können das doch sicher lesen", sagte der Oberleutnant, mittlerweile in freundlicherem Tonfall, und holte das Schriftstück aus seinen Akten.

Die Kommissarin las das Testament zweimal und erklärte: „Ich finde das merkwürdig, Christa setzt den Apotheker Bacher und den Immobilienunternehmer Gasser als die alleinigen Erben ein, aber Sandra und Freddy sollen leer ausgehen? Die hat sie immer als ihre eigenen Kinder betrachtet und hatte ein gutes Verhältnis zu beiden. Was Sie auch wissen müssen: Bei dem Sonnenhof geht es nicht nur um ein paar tausend Euro, sondern um Millionen. Wegen der einmaligen Lage und weil es in Colvilla keinen neuen Baugrund gibt, ist der Hof so wertvoll. Wer ein Haus bauen will, darf nur bestehende Gebäude ersetzen."

Nach und nach dämmerte dem Oberleutnant, dass er es mit der Kollegin von der Polizia gar nicht so schlecht getroffen hatte. Für die Ermittlungen konnte es nur von Vorteil sein, dass sie mit den Einheimischen und den hiesigen Verhältnissen bestens vertraut war und zudem noch das Ladinische beherrschte. Während Danielas Ausführungen nickte Silvestri bedächtig mit seinem Kopf.

„Interessant, das könnte tatsächlich eine Spur sein!", sagte er anerkennend, als sie geendet hatte. „Ich weiß, es ist nicht Ihre Aufgabe, aber ich wäre Ihnen dankbar, wenn ich eine schriftliche Übersetzung des Testaments bekommen könnte. Das würde alles beschleunigen. Das Schriftstück geben wir selbstverständlich in die Kriminaltechnik. Hoffentlich schaffen die's noch vor dem Wochenende!"

„Ich bin zwar keine vereidigte Dolmetscherin. Aber meinetwegen. Geben Sie mir ein Diktiergerät und ich erledige das in Bälde", gab die Kommissarin den Ball zurück.

„Oh, ich glaube, so etwas hat nur der Chef", antwortete Silvestri etwas kleinlaut.

„Kein Problem, mit meinem Smartphone schaffe ich das auch. Ich schicke Ihnen die Datei dann zu."

„Gut, das lasse ich dann von unserer Sekretärin abschreiben."

Der Oberleutnant legte Thaler die gesamten Unterlagen vor, die sie aufmerksam studierte.

Sie berieten ihr weiteres Vorgehen und einigten sich recht schnell darauf, welche weiteren Untersuchungen in Auftrag gegeben werden mussten und welche Personen als nächste zu befragen waren. Am gleichen Tag noch wollte Silvestri den Apotheker in Colvilla und den Immobilienkaufmann in Brixen befragen. Die Ziehkinder überließ der Oberleutnant der Kommissarin.

„Mir kommt dieser Bruno Moreda zwielichtig vor. Was ist das für ein Typ, der einfach mal so in ein fremdes Haus eindringt?", interessierte sich Silvestri.

„Bruno entstammt einer typisch ladinischen Familie hier aus Colvilla", holte Daniela Thaler aus. Bei den Worten ,typisch ladinisch' befürchtete Silvestri einen weiteren landesgeschichtlichen Vortrag und tat sich schwer, seine Ungeduld zu zügeln.

Silvestri erfuhr nun die Geschichte der Familie Moreda. Die Vorfahren waren einst arme Bauern gewesen. Die meisten ihrer Wiesen lagen an steilen Hängen, wo auch mit viel Mühe nicht viel zu ernten war. Brunos Eltern, Anna und Anton Moreda, erkannten jedoch Anfang der Sechzigerjahre die Chancen, die der aufkommende Tourismus bot. Wenn im Winter oder im Sommer die Saison anfing, räumte die

Familie ihre Schlafzimmer und vermietete an Urlaubsgäste. Die Moredas zogen dann mit ihren sieben Kindern auf den Dachboden und schliefen unter nackten Schindeln, auch wenn es noch so eisig kalt war. Anna bewirtete ihre Hausgäste und servierte das Frühstück, immer mit guter Laune und frischen Vinschgauern, die die Touristen so liebten. Anton unterhielt abends die Gäste beim Merlot mit Geschichten vom Bergsteigen und von der Bergrettung.

„Das kommt mir irgendwie bekannt vor", unterbrach der Oberleutnant, „in den Urlaubsorten am Meer in Apulien, wo ich herkomme, werden in der Saison genauso die Wohnräume für die Touristen eingerichtet, und die Familien hausen in den bizarrsten Behelfsunterkünften, oft genug in brütender Hitze."

Die Kollegin der Polizia nickte und erzählte weiter. Die Hänge der Moredas erwiesen sich für Skifahrer als optimales, schneesicheres Gelände. Man konnte lange, weite Pisten anlegen, steile für Könner und flachere für Anfänger. Anton konnte seine Wiesen für gutes Geld an die Gebrüder Brocia, die Skiliftbetreiber, vermieten und handelte mit ihnen aus, dass die Bergstation des Lifts nahe bei seiner Almhütte errichtet wurde. An der mussten jetzt alle Skifahrer vorbeifahren. Die Moredas bewirteten von da an in ihrer kleinen Hütte die einkehrenden Skifahrer mit einfachen Speisen, wie Speckknödelsuppe, Polenta mit Pilzsauce oder Speck am Brett. Als Getränke gab es

Kaffee, Wein, Skiwasser und Birnenschnaps. Besonders nachgefragt war Annas Apfelstrudel, den sie jeden Abend in der Küche ihres Bauernhofs in den Ofen schob. Die Skihütte wurde schnell beliebt und der Andrang so groß, dass auch die Kinder mithelfen mussten. So kam es, dass ihr Grund und Boden, der bisher Generationen dieser Familie zu bitterer Armut verdammt hatte, auf einmal gutes Geld einbrachte.

„Das ist nun mal der Lauf der Dinge in diesen touristischen Gebieten. Sobald eine Gegend für den Tourismus entdeckt worden ist, werden Bauern, Arbeiter und Fischer zu Gastronomen, Touristenführern und Geschäftsleuten. Besonders typisch ladinisch kommt mir das allerdings nicht vor", warf Silvestri ein.

„Da gebe ich Ihnen durchaus Recht. Das Besondere an der Geschichte ist der unglaubliche Zusammenhalt der Familie Moreda. Ich bin davon überzeugt, dass der mit der Mentalität der Ladiner zusammenhängt" antwortete Daniela gelassen und fuhr fort. Nachdem die Kinder ihre Schulzeit abgeschlossen hatten, schickte Anton sie in die Lehre zu den großen Hotels in Cortina d'Ampezzo, Meran oder am Kalterer See.

Als sie genügend Erfahrung hatten, schmiedeten die Geschwister große Pläne. Sie waren zielstrebig, konnten hart arbeiten und gut rechnen. Ihr Trumpf war, dass alle zusammenhielten. Sie schliefen während der Saison noch immer unter dem Schindeldach. Alles, was sie an Geld erwirtschafteten, jede Lira, kam in einen gemeinsamen Topf. Damit hatten sie nach wenigen Jahren das Geld für ihr erstes Hotel zusammen. Nach dem ersten kam das zweite und dann das dritte.

Bruno hatte inzwischen die einstmals kleine Almhütte zur Ütia La Stria ausgebaut mit hochklassiger Gastronomie zu erschwinglichen Preisen. Kein Wunder, dass Touristen, Einheimische und Prominente hier gerne einkehrten.

„Kurz und gut, Bruno ist ein Macher. Überall hat er seine Finger drin, im Gemeinderat, bei der Bergrettung und vor allem, wenn er ein Geschäft wittert. Wahrscheinlich hat er deshalb in Christas Haus irgendetwas gesucht, was ihm einen Vorteil bringen könnte. Aber Bruno ein Mörder? Schwer vorstellbar", beendete die Kommissarin ihre Ausführungen.

„Interessante Vita! Aber die Aktion im Haus der Ermordeten spricht nicht für ihn. Ich möchte, dass wir Moreda auf jeden Fall im Auge behalten."

So, wie sie es abgesprochen hatten, brach die Kommissarin auf, um zuerst Sandra, ihre Freundin seit Jugendtagen, und dann Freddy Costiner, Sandras Bruder, zu befragen. Die wenigen hundert Meter zu Sandras kleiner Mietwohnung ging sie zu Fuß. Der Schnee lag noch auf den Wegen und knirschte unter ihren Stiefeln.

Sie dachte über die Begegnung mit Silvestri nach. Auf den ersten Blick fand sie ihn ganz akzeptabel. Ihr missfiel jedoch, wie er sich ihr gegenüber verhielt. So deutlich zu signalisieren, dass es ihm gegen den Strich ging, sie als gleichberechtigt zu akzeptieren, war reichlich daneben. Immerhin hatte er wohl kapiert, dass sie nicht seine Schreibkraft war.

Sandra empfing sie mit rotgeweinten Augen und verquollenem Gesicht. Eigentlich wirkte Sandra mit ihren blonden, langen Haaren und den großen braungrünen Augen recht ansprechend, aber jetzt sah sie mitleiderregend elend aus. Immerhin roch es hier frisch und sauber, nach Schmierseife und Lavendel.

„Bun dé! Mein herzliches Beileid, Sandra. Wenn ich irgendetwas für dich tun kann…"

„Es hat sich schon herumgesprochen, es war kein Unfall, sondern Mord! Es ist so entsetzlich, jetzt verliere ich zum zweiten Mal meine Mutter! Ich kann es nicht fassen. Wer tut so etwas? Wer ermordet unsere Christa, die immer nur das Beste wollte?"

„Es ist schrecklich! Mir geht das wirklich nahe", antwortete die Kommissarin und fuhr nach einer längeren Pause fort: „Ich bin aber auch dienstlich hier. Zusammen mit den Carabinieri untersuchen wir den Mord. Wir wollen so schnell wie möglich herausfinden, wer es war. Sicher ist es jetzt schwer für dich, aber hast du irgendeine Idee, wer dahinterstecken könnte, und wenn es nur ein vager Verdacht ist?"

„Nein, eigentlich traue ich das keinem zu. Am ehesten kann ich mir vorstellen, dass es die Schwägerin Bernadette gewesen sein könnte. Die ist so eine neidische Ziege! Sie hat immer gegen Christa gekämpft. Stell dir vor, bei der Hochzeit sagte sie zu Christa: ‚Und du traust dich, mir meinen Heiner wegzunehmen!‘ Schrill, nicht?"

Sie erinnerte Daniela Thaler daran, dass Bernadette völlig verbittert war, nachdem ihr eigener Mann beim Bergsteigen an den Drei Zinnen tödlich verunglückt war, und dass sie sich in ihrer Einsamkeit umso stärker an ihren Bruder klammerte. An jedem Wochenende kam sie damals von Bruneck herauf zum Sonnenhof und erledigte für Heiner den Haushalt. Dass Christa diese Zweisamkeit beendete, hatte ihr Bernadette nie verziehen.

Als Heiner damals gestorben war, hatte sie überall herumposaunt, dass Christa den Heiner die ganze Zeit so schlecht gepflegt habe, um möglichst schnell an sein Erbe zu kommen. Als Erbschleicherin hat sie Christa in aller Öffentlichkeit beschimpft.

„Das ist total ungerecht! Christa hat für Heiner alles getan, was nur möglich war, hat die Süßigkeiten und den Schnaps aus dem Haus verbannt und ihn mit allem versorgt, was er brauchte. Richtig schlimm wurde es, als sich Bernadette mit dem Bruno gegen sie verbündete."

„Bruno Moreda und Bernadette waren Verbündete? Was brachte denn die beiden zusammen?", fragte Daniela Thaler nach.

„Der Bruno hat angeblich ein Auge auf den Sonnenhof geworfen, weil er dort Appartements bauen will."

„Wie soll das funktionieren? Christa war doch die Alleinerbin des Hofes."

Sandra hatte ziemlich klare Vorstellungen über die Hintergründe. Sie glaubte, dass alles damit zusammenhing, dass Heiner nie seiner Schwester den ihr zustehenden Anteil aus dem elterlichen Erbe ausgezahlt hatte. Diese alten Ansprüche am Erbe machte nun Bernadette gegenüber Christa geltend, nachdem diese Heiner beerbt hatte. Da Christa aber mittellos war, steckte sie in der Klemme.

Das alles kannte Thaler bereits. Der Sonnenhof war, wie in Südtirol bei bäuerlichen Anwesen üblich, ein sogenannter geschlossener Hof. Diese rechtliche Regelung bedeutete, dass ein Bauernhof nicht geteilt werden konnte, sondern nur an eine einzige Person vererbt oder veräußert werden konnte. Damit wurde verhindert, dass bäuerliche Betriebe bis zur Unwirtschaftlichkeit zerstückelt wurden. Traditionell erbte der älteste Sohn den Hof. Damit die anderen Erbberechtigten nicht leer ausgingen, war der Haupterbe verpflichtet, einen Ausgleich an seine Miterben zu entrichten, der sich nach der Ertragskraft des Hofes richtete.

„Ich habe nie verstanden, warum Heiner seine Schwester nie ausgezahlt hat, nachdem er den Sonnenhof geerbt hatte", warf die Kommissarin ein.

„Ich fand das auch nicht in Ordnung! Wenn Bernadette ihn darauf ansprach, behauptete er ein ums andere Mal, sein Geld würde gerade so fürs Leben reichen. Außerdem würde der Sonnenhof keine Erträge abwerfen, und danach würde sich ja richten, was er zu zahlen hätte", erklärte Sandra.

„So kann man es auch drehen. Den Hof nicht bewirtschaften, um die Miterben auszubremsen. Ich verstehe nicht, warum sich Bernadette das gefallen ließ. Sie hätte doch vor Gericht erfolgreich klagen können. Bei einem Prozess hätte ein Gutachter die Ertragskraft vom Sonnenhof geschätzt."

„Ich glaube, Bernadette hat ihren Bruder so abgöttisch geliebt, dass sie solch eine Auseinandersetzung mit ihm scheute."

„Umso verständlicher, dass Bernadette wütend auf Christa war. Ihrem Bruder zuliebe hat sie auf ihr Erbe verzichtet. Dann kommt eine andere daher und setzt sich ins gemachte Nest. Und sie, die Schwester, geht leer aus. Aber zurück zu Bruno."

Sandra erzählte weiter, es würde gemunkelt, Bruno hätte Bernadette sehr viel Geld gegeben, damit sie gegen Christa prozessieren konnte. Bruno rechnete wahrscheinlich damit, dass das Gericht Christa auf Zahlung einer so hohen Summe verurteilen würde, dass ihr dann nichts anderes übrigbliebe, als den Sonnenhof zu veräußern und er, Bruno, dann die große Chance hätte, günstig an die Immobilie zu kommen.

„So ein Prozess kostet Geld und Nerven, die arme Christa. Hat sie sich deswegen mit Martin Bacher und Max Gasser eingelassen?", hakte die Kommissarin nach.

„Im Prinzip schon. Nicht nur die Bernadette und der Bruno saßen ihr im Nacken, zu allem Unglück ist das Wohngebäude stark baufällig. Wie du vielleicht weißt, fühlte sich Christa im Andenken an Heiner dazu verpflichtet, den Sonnenhof zu halten. Aber wo sollte sie das Geld für all das hernehmen? Sie wusste weder ein noch aus."

„Da war sie ja wirklich in der Zwickmühle."

„Allerdings, und wie! Als sie vor etwa zwei Jahren mit dem Bacher ins Gespräch kam, schien das die Rettung. Der Apotheker holte seinen Freund Gasser aus Brixen mit ins Boot. Und dann schmiedeten die drei Pläne für den Sonnenhof. Der Bacher und der Gasser wollten selbst auf dem Sonnenhof wohnen.

Geplant war, das alte Haus abzureißen und anschließend moderner und größer neu zu bauen. Christa sollte zwei kleinere Appartements und jeder

der beiden Geschäftspartner eine größere Wohnung bekommen."

„Das hört sich doch ganz gut an", merkte Daniela an.

„Wie man's nimmt. Christa tat die Vorstellung weh, dass das alte Haus, in dem sie mit Heiner gelebt hatte, abgerissen werden sollte. Weil sie aber keine andere Chance für den Sonnenhof sah, willigte sie nach langem Zögern und vielen Gesprächen ein.

Allerdings gab's in letzter Zeit Schwierigkeiten. Christa hatte mitbekommen, dass die beiden Spezis, ihre angeblichen Verbündeten, ihre eigenen Ziele verfolgten. Am besten fragst du Freddy. Der weiß Genaueres."

„Die arme Christa, irgendwie bekam sie's von allen Seiten ab."

„Dazu kommt, dass es garantiert der Bruno war, der dafür gesorgt hatte, dass auf dem Sonnenhof die Elektrik kontrolliert wurde und Christa nicht mehr vermieten konnte. Der steckt doch überall seine Nase rein."

Sandra erzählte außerdem, dass Christas Foxterrier Tux, der den Unfall leicht verletzt überlebt hatte, nun beim Tierarzt Franco Senoner und seiner Sprechstundenhilfe Irina Goller in Pflege war.

„Wieso bei denen?", fragte Daniela.

„Eigentlich ist er nicht bei der Goller, sondern bei Franco", antwortete Sandra und fuhr verlegen fort:

„Wahrscheinlich weißt du es nicht, Franco und Christa waren ein Paar. Christa konnte sich, nachdem sie ihren Heiner verloren hatte, eigentlich nicht vorstellen, noch einmal eine Beziehung einzugehen. Aber wegen Tux musste sie letztes Jahr ein paar Mal den Tierarzt besuchen. Dabei sind sich Christa und Franco nähergekommen. Letzten Sommer hat es dann richtig gefunkt. Nach allem fühlt sich Franco - soweit ich weiß - verpflichtet, das Tier zu übernehmen, obwohl Irina dagegen war."

„Das wusste ich tatsächlich nicht, das mit Christa und Franco. Merkwürdig, dass Irina den Hund nicht in Pflege nehmen wollte. Ich dachte, eine Tierarzthelferin kümmert sich gerne um alle Tiere. Ich habe noch eine Frage: Kannten sich denn Christa und Irina?"

„Ja sicher kannten die sich. Beide kommen doch aus Niederösch aus dem Fassatal. Richtige Freundinnen waren die nicht. Christa erzählte, dass Irina vor Jahren miterleben musste, wie ihre zweijährige Schwester bei einem Unfall umkam."

„Entsetzlich!"

„Ja, das muss furchtbar gewesen sein. Irina war erst acht Jahre alt. Sie war alleine mit der Kleinen beim Spielen. Die Eltern haben ihr die ganze Schuld gegeben."

„Mein Gott, das hört sich nach einer echten Tragödie an", meinte Thaler.

„Ich habe eine Idee, du legst doch Tarotkarten. Kannst du nicht gleich mal nachschauen, was die zu dem Mord an Christa sagen", schlug Sandra vor. Wie viele Ladiner vertrauten beide den Karten. Vielleicht passte dies zu ihrer Vorstellungswelt, die von den mystischen Wesen der ladinischen Sagen bevölkert war. Die Sagen handelten vom Aufstieg und Untergang des Reiches der Fanes, Bündnissen mit den Adlern und mit dem Murmeltierreich, von den Salvans und vom bösen Zauberer Spina de Mul.

„Keine schlechte Idee, aber das ist mir noch zu früh. Wir wissen im Moment viel zu wenig, um die richtigen Fragen stellen zu können."

Thaler hatte von ihrer Tante gelernt, die Tarotkarten zu legen und intuitiv zu deuten. Sie selbst war immer wieder beeindruckt, wie das Tarot helfen konnte, schwierige Situationen zu erkennen und anderen in die tiefsten Abgründe ihrer Seele zu schauen.

Auf dem Weg zu Freddy, der neben dem Rathaus wohnte, ließ Thaler das Gespräch nachklingen. Es schmerzte sie wider Erwarten, dass Franco mit Christa eine Liebesbeziehung eingegangen war. Daniela und Franco waren im vorletzten Jahr drei Monate lang liiert gewesen. Es war eine schöne Zeit. Warum er diese Verbindung beendet hatte, hatte er ihr nie erklärt.

„Wir verstanden uns doch gut", überlegte sie, „auch wenn er wesentlich älter ist. Wahrscheinlich hatte er Angst davor, dass ich einmal Kinder haben will. Eine Familie gründen, war Francos Sache nicht. Dabei hatte ich mich gehütet, davon zu reden."

Auch Freddy, sonst ein Kerl wie ein Fels im Wintersturm, wirkte mitgenommen, die Gesichtshaut blass, die Augen unstet. Er war ungekämmt und unrasiert. Seine Wohnung war eine typische Junggesellenbehausung: ein Bett, ein Schrank, ein Tisch, vier Stühle, ein Fernseher, ein Laptop, kein Wandschmuck. Auf dem Tisch stand ein überquellender Aschenbecher, kalter Zigarettenrauch hing in der Luft.

Freddy war Maurer und stolz auf seinen Beruf. Was er erschuf, hatte Bestand und ließ sich vorzeigen. Wegen der Winterpause war er bis Ende des Monats arbeitslos. Um sein Arbeitslosengeld aufzubessern, arbeitete er als Security in der Disco Hexenkessel. Diese war nicht nur bei vielen Feriengästen, sondern auch bei den Einheimischen beliebt.

Obwohl Freddy inzwischen ein gestandener Mann war, blieb er für Daniela Thaler immer noch der kleine Bruder ihrer Freundin Sandra. Näher kennengelernt hatten sich die drei bei der Skijugend von Colvilla. Mehrmals in der Woche trainierten sie gemeinsam und trafen sich am Wochenende bei Skirennen. Sandra, die technisch bessere, glänzte beim Slalom.

Daniela lag mehr der Riesenslalom, und Freddy fühlte sich beim Abfahrtslauf am wohlsten. Er liebte das Risiko und stürzte sich die steilsten Hänge mit rasender Geschwindigkeit hinab. In den Pausen saßen sie als Jugendliche oft auf der Hütte zusammen, unterhielten sich, alberten herum oder spielten Karten. Als Daniela sechzehn wurde, besuchte sie mit Sandra, die damals erst fünfzehn war, regelmäßig den Hexenkessel zum Tanzen, obwohl Minderjährige eigentlich keinen Zutritt hatten. Aber das machte den besonderen Reiz aus.

Freddy bestätigte Sandras Aussagen. Auch er konnte sich am ehesten vorstellen, dass es Bernadette auf Christa abgesehen hatte.

„Es hat sich selbst bis zu mir herumgesprochen, dass jemand die Bremsen des Fiats manipuliert hat. Allerdings, wie hätte Bernadette das hinkriegen sollen? Die weiß gerade mal, dass ein Auto vier Räder hat. Sonst hat die keine Ahnung."

„Von wem weißt du das mit den Bremsen?", fragte Thaler nach.

„Ach das erzählte mir Armin, und der war gestern Abend in der Tirol Bar mit Oberwachtmeister Moroder einen trinken. Stimmt das denn nicht, das mit den Bremsen?"

„Dazu darf ich dir nichts sagen. Du weißt ja, unsere Ermittlungen…", erwiderte die Kommissarin und dachte: Hier bleibt auch gar nichts geheim.

„Was du aber auch wissen musst" fuhr Freddy fort. „Christa hat erzählt, dass es einen dicken Krach mit dem Immobilienfuzzi gab. Gasser legte Christa einen Vertrag vor, der sie um alle Rechte an ihrem Hof gebracht hätte, schön versteckt in den juristischen Floskeln, die keiner versteht. Christa hatte den Vertrag einem befreundeten Anwalt gegeben. Der hat die Hände über dem Kopf zusammengeschlagen. Daraufhin weigerte sich Christa, den Vertrag zu unterschreiben und brach jeden Kontakt zu Gasser ab. Der war vielleicht sauer! Sauer war auch der Apotheker, der hatte reichlich Schwarzgeld in das Projekt gesteckt. Alles weg! Mehr als hunderttausend Euro für die Planungen und den Prozess, munkelt man. Beide haben Christa wüst beschimpft und mit Schadensersatz gedroht, falls sie den Vertrag nicht bald unterschreiben würde. Richtig wütend haben sich die beiden aufgeführt. Denen traue ich alles zu."

Freddy versprach Thaler, im Hexenkessel die Ohren offenzuhalten. Vielleicht könnte er etwas aufschnappen. Am liebsten wollte er den Mörder selbst zur Strecke bringen.

Oberleutnant Silvestri betrat die Apotheke und befand sich in einer Duftglocke von Salbei, Minze und allerlei Pflegeprodukten. Vor dem Tresen stand eine Schlange wartender Kunden, die meisten Einheimische, die sich entweder vom Apotheker oder seiner

Ehefrau wegen Rheuma, Schnupfen, glänzender Gesichtshaut, Magengrippe, Blasenentzündung oder Migräne beraten lassen wollten. Als der sonst immer freundlich aus seinem runden, gebräunten Gesicht lächelnde Martin Bacher den Oberleutnant bemerkte, zogen sich seine Mundwinkel zusammen. Silvestri wartete ungeduldig, bis der Apotheker seine Kundin verabschiedet hatte. Der stattliche Mann mit seinem vollen Haar und dichten Bart erinnerte ihn an einen Braunbären. Schließlich trat er zu ihm.

„Ich untersuche den Tod von Signora Vella und habe ein paar Fragen."

Der Apotheker bat Silvestri in sein kleines Büro und zog an seiner E-Zigarette. „Ist gesünder! Also, hier können wir ungestört reden."

Silvestri begann direkt mit der Befragung. „Verraten Sie mir bitte, welche Beziehung Sie zu Signora Vella hatten."

„Ich hatte keine Beziehung zu Christa Vella. Ich bin glücklich verheiratet."

„Natürlich, aber es gab geschäftliche Kontakte wegen des Sonnenhofs."

„Ja, das stimmt, aber wo ist der Zusammenhang mit ihrem Tod?"

„Wir ermitteln in alle Richtungen."

„Werde ich etwa beschuldigt? Dann sage ich nichts mehr."

Der Apotheker wirkte nun verärgert.

„Im Moment wird niemand beschuldigt. Also, wie war das mit dem Bauvorhaben?", fuhr Silvestri fort.

„Der Plan war eine tolle Sache. Christa besaß den Hof in dieser phantastischen Lage, war aber mittellos. Das Haus ist eine Bruchbude, die Scheune eine Ruine. Max Gasser und ich hatten das Geld zum Bauen. Wir hatten bereits alle Details besprochen. Alles hätte gut gehen können, selbst den Prozess mit der Schwägerin haben wir überstanden. Geld und Nerven hat das gekostet. Jetzt, wo wir endlich loslegen könnten, stirbt uns die Christa. Wie schrecklich!"

„Können Sie erklären, warum Signora Vella Sie als Erben bedenken wollte?"

„Bedenken wollte?! Es war abgemacht, dass Max und ich als Erben eingesetzt werden. Wir mussten unsere Investitionen schließlich absichern. Wir haben einen Vertrag mit Christa."

„Ich wundere mich, dass sie sich so eng an einen Fremden wie Gasser binden wollte", hakte Silvestri nach.

„Wissen Sie, auf das Projekt hätte ich mich nie ohne die Hilfe eines Fachmanns eingelassen. Mit Max bin ich seit unserer Schulzeit befreundet. Er ist ein seriöser Immobilienkaufmann und ist hier in der ganzen Gegend tätig. Der kennt sich gut aus. Es brauchte viele gemeinsame Treffen mit Christa, bis die Planung unter Dach und Fach war. Sie können sich gar nicht vorstellen, wie oft Max von Brixen hier heraufkommen musste."

„Und was sagen die Einheimischen dazu, dass sich ein Auswärtiger hier niederlassen will?"

„Es stimmt schon, dass man es in Colvilla am liebsten hätte, wenn hier nur Einheimische wohnen würden. Aber Max weiß, wie man mit den Leuten umgeht. Schwierigkeiten hatten wir, wie gesagt, nur mit der Schwägerin, der Bernadette, und mit Moreda, der ihr zigtausend Euro gab. Sonst hätte die überhaupt nicht den Prozess gegen Christa führen können. Wer weiß, welche Abmachung die zwei hatten. Bruno verschenkt kein Geld. Den würde ich mal befragen."

„Diesen Vertrag, den Sie mit Signora Vella abgeschlossen haben, möchte ich gerne anschauen, um genauer im Bilde zu sein."

„Wozu das? Sie glauben doch nicht, dass das mit ihrem Tod zu tun hat. Aber ich besitze das Schriftstück gar nicht. Das liegt bei Max."

Die Frage nach dem Alibi beantwortete der Apotheker denkbar schmallippig: „Bis kurz nach sieben Uhr war ich in der Apotheke und anschließend in der Tirol Bar auf ein oder zwei Drinks. Dann fuhr ich nach Hause, dort war ich bis zum frühen Morgen. Bezeugen kann das meine Frau. In der Bar müssen Sie nur Franz, den Barmann, fragen."

Silvestri forderte Bacher auf, ihm sein Auto zu zeigen und fotografierte die große, dunkelblaue

Limousine mit seinem Handy. Er hoffte, so dem unbekannten dunklen Wagen vor Christas Haus auf die Spur zu kommen, von dem Moreda berichtet hatte.

Der Oberleutnant hatte sich in Brixen von seinen Mitarbeitern beim Immobilienkaufmann und Gastwirt Gasser anmelden lassen. Mit seinem Subaru fuhr er die kurvige Straße das Gadertal hinab. Bei jeder Kurve trommelte er auf das Lenkrad. Es ging schleppend voran, immer wieder musste er abbremsen oder gar hinter einem Wohnmobil herschleichen. Überholen war kaum möglich, Kurve folgte auf Kurve. Rechts drohten die Felsen, links der Gaderbach. Unten, im nebelverhangenen Pustertal, ging es auf der völlig überlasteten Strada Statale nach Brixen auch nicht schneller voran. Wenige Minuten nach zwei Uhr erreichte er das Hotel Falken.

Es war ein historischer Gasthof mit steinumrahmten Fenstern und grüngestrichenen Fensterläden, die schwere Eingangstür war von einem steinernen Rundbogen umfasst. Hier stiegen schon vor hunderten von Jahren Bankiers, Bittsteller, Baumeister, Boten, Händler und andere Reisende ab. Innen schritt Silvestri über alte, gediegene Dielenböden und betrachtete die ausgedehnten Holzschnitzereien, mit denen die Wände und Decken der Räume verziert waren.

Der etwas füllige, aber recht agile Max Gasser führte den Oberleutnant mit gewinnendem Lächeln in die holzvertäfelte Weinstube, in deren Luft der Geruch der seit Jahrhunderten ausgeschenkten Weine lag, und bedauerte: „Schade, ich dachte, Sie kämen früher, ich hatte Ihnen einen Tisch reserviert. Leider ist unsere Küche jetzt geschlossen. Aber ich kann gleich nachschauen, ob sich noch etwas machen lässt."

„Danke, bemühen Sie sich nicht. Ich bin nicht zum Essen gekommen."

„Wie wär's mit einem Glas von diesem sehr guten Chardonnay?"

„Nein, vielen Dank, ich habe einige Fragen wegen Christa Vella."

„Ich bin über den Tod von Christa Vella erschüttert, sie war so eine sympathische Frau. Ich und Martin Bacher haben ihr doch nur geholfen. Sei es bei der Planung des Bauprojekts oder beim Prozess mit der Schwägerin. Sogar den Fiat 500 haben wir ihr besorgt", beteuerte Gasser.

„Das hört sich ja reichlich uneigennützig an! Daran habe ich so meine Zweifel. Von dem Deal mit Signora Vella hätten Sie doch enorm profitiert. Sie hätten auf dem Sonnenhof bauen können, ohne dieses Grundstück für Millionen kaufen zu müssen. Nicht übel! Und dann noch so ein günstiges Testament für Sie und Signore Bacher."

„Wie Sie das darstellen! Wir wollten Signora Vella nur helfen. Sie war doch eine einfache Frau. Die komplizierten Baubestimmungen, das noch kompliziertere Erbrecht. Der Ärger mit ihrer Schwägerin. Das hätte sie doch nie bewältigen können.

Außerdem war sie völlig mittellos. Sie müssen aber verstehen, bei dem vielen Geld, das wir investieren, brauchten wir selbstverständlich Sicherheiten. Wir haben das vertraglich geregelt. Ich muss mich auch meiner Frau gegenüber rechtfertigen können."

„Dürfte ich bitte den Vertrag einsehen?"

Gasser schoss die Röte ins Gesicht. „Ich wüsste nicht, was das die Polizei angehen sollte."

„Gentile Signore Gasser, ich ermittle in einem Mordfall. Sie möchten doch sicher die Polizei unterstützen. Oder wäre Ihnen eine Hausdurchsuchung lieber? Sechs Wagen der Carabinieri mit Blaulicht zur schönsten Mittagszeit vor Ihrem Gasthof?"

„Dazu bräuchten Sie erst einmal einen richterlichen Beschluss, und den bekommen Sie nicht so ohne weiteres."

„Da gebe ich Ihnen völlig recht, so ohne weiteres stellt der Richter den nicht aus. Aber möchten Sie es wirklich darauf ankommen lassen?"

Gasser zögerte, dann willigte er ein. „Na schön, wenn Sie mich so bitten!", meinte er ironisch. „Sie können meinetwegen den Vertrag einsehen und durchlesen, aber er bleibt hier bei mir. Nicht, dass er für Jahre in irgendwelchen Akten verschwindet. Ich möchte endlich loslegen mit dem Sonnenhof."

Silvestri trieb die Konfrontation lieber nicht auf die Spitze, obwohl es ihn gereizt hätte, den windigen Immobilienhai weiter ins Schwitzen zu bringen. Er war sich keineswegs sicher, ob das, was er dem Richter vorlegen konnte, für einen Durchsuchungsbeschluss gereicht hätte. So willigte er in die Bedingung von Gasser ein. Den Vertrag fotografierte er Seite für Seite ab.

„Noch eine Frage: Wo waren Sie in dem Zeitraum von Montagabend bis Dienstagvormittag?"

„Sie fragen doch nicht nach meinem Alibi?", entgegnete der Immobilienkaufmann entrüstet.

„Doch, Signore Gasser, reine Routine", entgegnete der Oberleutnant.

„Lassen Sie mich überlegen. Vorgestern hatte ich nachmittags einen Kunden von drei bis fünf Uhr und habe dann meinen Schreibkram im Büro erledigt. Zwischen halb sieben und halb neun Uhr war ich im Gemeinderat. Danach habe ich an der Hausbar unsere Gäste bedient und mich mit ihnen unterhalten. Das ging bis etwa halb zwölf. Dann ab ins Bett. In der Früh um acht Uhr gab's Frühstück, und mittags traf ich mich in Verona zum Geschäftsessen mit einem weiteren Kunden."

Sollte Gasser die Frage nach dem Alibi zunächst beunruhigt haben, ließ er sich jetzt davon nichts mehr anmerken.

Silvestri bat um die Namen der Kunden. Der Immobilienkaufmann willigte nur widerwillig ein. „Ungern, ich schreibe Ihnen die Namen auf, aber bitte seien Sie diskret. Ich habe hart daran gearbeitet, als zuverlässiger Geschäftsmann geachtet zu werden."

„Ich verstehe nicht so ganz, wie Sie das meinen."

„Es geht mir um meinen guten Ruf, den möchte ich nicht verlieren."

Zuletzt ließ sich der Oberleutnant Gassers Auto zeigen und fotografierte den schwarzen Mercedes-SUV.

Auf dem Rückweg nach Colvilla fuhr Silvestri tief in Gedanken wesentlich ruhiger als auf dem Hinweg. Die Kurven nahm er jetzt so gemächlich, dass sich eine immer länger werdende Autoschlange hinter ihm bildete. Davon ließ er sich nicht im Geringsten stören. Seine Überlegungen zu diesem Fall führten ihn zum Ergebnis, dass seine Erkenntnisse fast so nebulös wie die Landschaft waren.

Ein Fuchs der Immobilienhändler, ein Braunbär der Apotheker. Diesen Heuchlern glaube ich kein Wort. Auf jeden Fall müssen die Alibis der Signori Gasser und Bacher gründlich überprüft werden, überlegte er.

Nach der Befragung von Sandra und Freddy kehrte die Kommissarin in die Kaserne zurück. Dort hatte man ihr einen Schreibtisch in einer der Amtsstuben freigeräumt. Signora Aurelia, die Sekretärin des Standortkommandeurs, hatte ihr mit gönnerhaftem Lächeln den neuen Arbeitsplatz zugewiesen. Es bereitete Daniela Thaler erhebliche Magenschmerzen, so eng mit den militärisch organisierten Carabinieri zusammenzuarbeiten.

Das Ambiente verbesserte ihre Stimmung nicht. Das Büro mit dem üblichen abgenutzten Mobiliar, dem schäbigen Linoleumfußboden und den fast kahlen Wänden mit dem Wappen der Carabinieri war in kaltes Neonlicht getaucht. Es überraschte sie nicht, dass es säuerlich und muffig roch. Geht man überall auf der Welt mit seinen Staatsdienern so schäbig um?, ging ihr durch den Kopf. Sie seufzte und wandte sich der Arbeit zu, studierte gründlich die Unterlagen und ergänzte ihre Notizen zu den Aussagen von Sandra und Freddy.

Als sie das erledigt hatte und Silvestri immer noch nicht zurückgekehrt war, beschloss sie, Bruno Moreda auf den Zahn zu fühlen, auch wenn sein Alibi glaubwürdig erschien. Außerdem konnte sie so das Nützliche mit dem Angenehmen verbinden.

Sie fuhr in das nahe Dorf Grones zum Hof ihrer Familie, wo sie meistens wohnte, wenn sie die Gegend besuchte. Dort holte sie ihre Skiausrüstung.

Inzwischen hatte sich das Wetter in den Bergen gebessert und die Sonne kam zum Vorschein. Über mehrere Pisten schwang Thaler bestens gelaunt durch den frischen Schnee und erreichte die Ütia La Stria, Bruno Moredas Berghütte. Am liebsten hätte sie sich auf der Terrasse mit einem Glas Pinot Grigio in die Sonne gesetzt und die Aussicht auf die schneebedeckte Marmolada genossen. Der höchste Berg der Dolomiten erinnerte sie jedes Mal an den Rücken eines gigantischen prähistorischen Tieres.

Sie betrat die gemütliche rustikale Hütte, deren Wände mit dem Holz alter Heuschober verkleidet waren. Am Tresen saß Bruno mit vier italienischen Gästen bei einer Weinprobe. Der Wirt lagerte in seiner Berghütte eine beeindruckende Sammlung bester Weine.

„Bun dé. Verzeihen Sie, aber ich muss Ihnen mal den Wirt für ein dringendes Gespräch entführen", wandte sich die Kommissarin an die Gäste.

„Du siehst, ich habe zu tun", wehrte Moreda ab. „Später…, trink doch erstmal ein Glas aufs Haus."

„Nein, ich möchte dich sofort kurz unter vier Augen sprechen, in deinem Interesse."

Der Wirt entschuldigte sich und führte die Kommissarin in die Nebenstube.

„Meine Getränke zahle ich schon selber. Ich bin dienstlich hier. Es geht um den Mord an Christa Vella. Dass du dich um deine Gäste kümmern musst, verstehe ich. Aber wir müssen so schnell wie möglich diese üble Geschichte aufklären. Dabei möchtest du uns doch sicher helfen. In spätestens einer Viertelstunde hast du bitteschön für mich Zeit. Oder willst du, dass ich dich nach Bruneck vorladen lasse?"

„Entspann dich! Okay, in etwa fünfzehn Minuten."

Daniela Thaler trank auf der Terrasse einen Cappuccino und genoss den Ausblick auf die herrliche Gebirgslandschaft. Genau vierzehn Minuten später führte Moreda sie in ein Nebenzimmer.

„Wie gesagt, es geht um Christas Tod. Du hast die Bernadette bei der Erbauseinandersetzung mit Christa unterstützt."

„Und was hat das mit dem Mord an Christa zu tun?"

„Lass uns bitte sachlich bleiben. Wie sah deine Vereinbarung mit Bernadette aus?"

„Du weißt, der Sonnenhof hat diese perfekte Lage, eine einmalige Aussicht und fast den ganzen Tag Sonne. Ich habe Bernadette ihren Anteil vom Erbe abgekauft und plane dort, wo seit Langem die verfallene Scheune vor sich hin rottet, Appartements für meine Gäste zu bauen."

„Ich dachte, der Sonnenhof sei ein geschlossener Hof und ließe sich nicht aufteilen."

„Glaube mir, Juristen finden immer einen Weg für Ausnahmen. Und bevor du fragst, von Christas Tod habe ich nichts. Wir hatten uns geeinigt, leider erst vor Gericht. Das hat reichlich Geld verschlungen. Aber ich sehe das sportlich."

„So, so, aber der Bernadette hast du Geld gegeben, damit sie gegen Christa klagen kann", wandte Daniela Thaler ein

„Wie gesagt, Bernadette und Christa haben sich vor Gericht geeinigt. Bernadettes Pflichtteilansprüche sind damit geklärt. Also, welchen Vorteil sollten Bernadette oder ich davon haben, dass Christa gestorben ist? Im Gegenteil, jetzt müssen wir uns vielleicht noch mit Christas Erben rumstreiten."

„Aber nachgeholfen hattest du schon, dass Christa nicht mehr vermieten konnte."

„Dafür kann ich nichts. Sie hat ihr Haus nun mal nicht in Schuss gehalten. Und nun entschuldige mich", sprach der Wirt und verließ den Raum.

Auf die Kommissarin wirkte der Wirt ziemlich angespannt. Wenn alles stimmt, was er behauptet, hat er doch gar keinen Grund, überlegte sie.

Sie trat vor die Hütte und ließ sie sich von der schneebedeckten weiten Gebirgslandschaft verzaubern. Die Sonne ging gerade unter und tauchte mit ihren letzten Strahlen die Felsspitzen der Berggiganten in rotes Licht. Darüber wölbte sich ein stahlblauer Himmel. Aus den Lautsprechern der Hütte dröhnte von AC/DC „Highway to Hell".

Ach, heavy Dolomitenidyll, ging es ihr durch den Kopf. Sie riss sich von dem Anblick los und beeilte sich, auf ihren Skiern ins Tal zu kommen.

Zurück in der Kaserne rief die Kommissarin Sandra Costiner an und erfragte den Namen des Anwalts, der Christa Vella vor Gericht vertreten hatte. Bruno Moredas Aussagen wollte sie sogleich überprüfen. Sandra konnte sich glücklicherweise an seinen Namen erinnern.

Der Rechtsanwalt aus Bozen mochte am Telefon keine Auskünfte erteilen. Aber als er erfuhr, dass es um den Mord an seiner Mandantin ging, willigte er ein. Sicherheitshalber rief er zurück und informierte die Kommissarin über die gerichtliche Auseinandersetzung. Er bestätigte, dass es eine gemeinsame Erklärung von Signora Vella und Signora Kumpatscher gab. Aber rechtlich gesehen, handelte es sich dabei lediglich um eine Absichtserklärung. Daniela Thaler bedankte sich.

Als nächstes machte sie sich daran, die bisherigen Erkenntnisse zu systematisieren. Sie notierte die bereits bekannten Fakten, die wichtigsten Aussagen und die möglichen Motive auf Karteikarten und begann ein Poster zum Fall „Vella" zu erstellen.

Gerade hatte sie das noch sehr übersichtliche Plakat an die Wand geheftet, als Silvestri hinzukam. Sie informierten einander über die Ergebnisse ihrer

Befragungen. Der Oberleutnant erkundigte sich nach den Alibis der Geschwister Costiner, worauf die Kommissarin zögerlich antwortete: „Nun, ehrlich gesagt… Ich kann mir nicht vorstellen, dass Sandra oder Freddy etwas mit dem Mord an Christa zu tun haben, dazu kenne ich die zu gut."

„Sie haben also nicht danach gefragt. Aber was auch immer Sie glauben, wir müssen in alle Richtungen ermitteln und können uns nicht nur auf die Herren Bacher und Gasser einschießen."

„Und welches Motiv sollten Sandra und Freddy haben?"

„Die allermeisten Tötungsdelikte werden von nahen Angehörigen ausgeübt. Das wissen Sie doch auch.

Das Motiv? Da kann ich im Moment nur spekulieren. Vielleicht haben die Geschwister Wind von dem Testament bekommen, durch das sie ja enterbt werden und waren darüber so enttäuscht und wütend, dass sie sich rächen wollten. Auf jeden Fall ist Freddy Handwerker und weiß garantiert, wo die Bremsschläuche zu finden sind."

„Das halte ich für gänzlich abwegig. So sind die beiden nicht", wand Daniela Thaler ein.

„Mag sein, aber ich möchte da auf Nummer Sicher gehen. Ich werde sie selbst befragen."

Nachdem der Oberleutnant nun seinerseits das Poster mit Notizen aus seinen Aufzeichnungen ergänzt hatte, berieten Silvestri und Thaler die nächsten Schritte. Dringend mussten sie vor allem Bernadette Kumpatscher und Franco Senoner, den Lebensgefährten von Christa Vella, befragen.

„Was ist eigentlich mit dem Vater von Sandra und Freddy Costiner? Er und Signora Vella lebten doch jahrelang unter einem Dach, als sie seine Kinder betreute", interessierte sich Silvestri.

„Damals nach dem Tod seiner Frau war Alfred Costiner mit den kleinen Kindern und dem Haushalt restlos überfordert und suchte deshalb eine Haushaltshilfe. Mit der zupackenden, tüchtigen Christa hatte er einen Glücksgriff getan. Sie verstand sich von Anfang an gut mit den beiden Kindern. Die waren ihr bald richtig ans Herz gewachsen. Alfred Costiner hätte allen Grund gehabt, dankbar zu sein. Stattdessen ging er Christa mit seiner ständigen Unzufriedenheit und auch noch anzüglichen Bemerkungen auf die Nerven, bis sie sich das endgültig verbat und mit ihrer Kündigung drohte. Von da an hat er sie in Ruhe gelassen.

Inzwischen lebt er alleine. Auch seinen Kindern war er mit seinem Gemurre so auf die Nerven gegangen, dass sie so schnell wie möglich ausgezogen sind. Auch Christa hatte sich dann umgehend eine eigene Wohnung besorgt."

„Das hört sich ja nicht nach einem innigen Verhältnis an", kommentierte der Oberleutnant und fragte weiter: „Woran ist damals die Mutter gestorben?"

„An einem banalen Wespenstich. Wahrscheinlich hatte sie eine Allergie."

„Eigenartig, normalerweise weiß man doch, dass man allergisch ist und hat ein Gegenmittel zur Hand."

„Ich glaube aber nicht, dass das mit unserem Fall was zu tun hat. Wenn es Sie genauer interessiert, Doktor Gamper war damals der einzige Arzt im Dorf."

Inzwischen war es spät geworden, Silvestri schlug vor, gemeinsam essen zu gehen.

„Gute Idee! Ich habe richtigen Hunger", stimmte Daniela Thaler zu.

Sie entschieden sich für das Restaurant Ladiner Stuben. Die Gaststube war im neoalpinen, modernen Stil gehalten. Auch hier waren die Wände mit dem aufgearbeiteten Holz abgerissener Stadel vertäfelt, eine weitverbreitete Konzession an den touristischen Geschmack. So versuchten die Innenarchitekten bäuerlich-alpine Atmosphäre zu erzeugen. „Überall dieses Holz, auch noch innen! Wie in einer finnischen Heimsauna!", nörgelte der Oberleutnant.

„Wieso? Ich finde das gemütlich. Unsere Häuser sind traditionell aus Holz, das ist auch absolut nachhaltig", entgegnete die Kommissarin.

Zum Essen bestellte Daniela Thaler Herrengröstl. Giovanni Silvestri, dem die ladinische Küche zu deftig war, entschied sich für Spaghetti Amatriciana und als zweiten Gang Hirschbraten.

Bevor das Essen kam, trübte sich allerdings die Atmosphäre. Silvestri konnte es sich nicht verkneifen zu lästern: „Fast ist es Ironie des Schicksals, dass das Auto von Signora Vella, der begeisterten Skifahrerin, an der Schneekanone zerschellt ist. Ich hatte bislang Schneekanonen nur als Energiefresser und Wasserschlucker betrachtet, tödlich für das Klima und den Wasserhaushalt, aber als Todesfalle - reichlich bizarr."

„So, so! Oberleutnant Silvestri ein Grüner! Zum Teil mögen Sie ja recht haben. Allerdings müssen Sie wissen, dass die Touristen im Winter nicht allein wegen unserer tollen Landschaft und guten Luft kommen. Ohne den Skitourismus würden unsere Berggemeinden veröden und sich zu Geisterdörfern entwickeln wie in so vielen Bergregionen. Wir kennen das vom Piemont.

Mir wäre es auch lieber, wir hätten so viel Naturschnee wie früher. Damals hatten wir genug Schnee vom November bis in den März. Dennoch ärgert es mich, wenn Sie so über das Skifahren sprechen. Gott ja, mir macht es trotz allem immer noch Spaß. Wäre es besser, wenn unsere Touristen stattdessen auf die

Kanarischen Insel zum All Inclusive Urlaub fliegen würden?"

Mist!, ärgerte sich Silvestri erneut, warum nur musste er die Kollegin schon wieder provozieren? Jetzt hatte er es schon zum zweiten Mal verpatzt und antwortete: „Scusi, ich wollte Sie nicht angreifen. Früher, in Apulien, bin ich im Winter Radrennen gefahren. Wintersport dagegen kenne ich gar nicht. Wahrscheinlich ist er mir deshalb so fremd."

„Für Radfahrer ist unsere Gegend doch ein Paradies mit den vielen kaum befahrenen Straßen, die sich die Pässe hochwinden. Sogar die berühmte Sellaronda kann man mit dem Fahrrad machen. Außerdem gibt´s hier im Alta Badia regelmäßig mehrere Radrennen."

„Eigentlich haben Sie recht. Es liegt wohl an mir, dass ich mich dazu bislang nicht durchringen konnte. Ich denke, das sollte ich ändern und im Frühjahr wieder auf's Rad steigen."

Silvestri war froh, dass sie das Thema gewechselt hatten. Auch dank des guten Essens und des Eisacktaler Grünen Veltliners stieg seine Stimmung und er konnte sich endlich entspannen und die Unterhaltung in eine persönlichere Richtung lenken. Sie tauschten sich über wichtige Stationen ihres Lebens aus. Giovanni Silvestri erzählte von dem kleinen Dorf am Meer in Apulien. Die Sehnsucht nach dem Süden schwang mit, als er lebhaft von seiner Heimat, dem Meer, der Landschaft und seinen Freunden sprach.

Er gestand, dass er sich in seiner Jugend als passionierter Hacker betätigt hatte. Nächtelang hatte er an seinem Computer gesessen und Schwachstellen in den Programmen aufgespürt. Stolz berichtete er, dass kaum ein System vor ihm sicher war. Von dem Familiendrama, den Mafiamorden, mochte er nicht erzählen. Das rührte zu sehr an alte Wunden.

Daniela Thaler war in dem Nachbardorf Grones aufgewachsen und hatte ihre Kindheit und Jugend auf dem elterlichen Bauernhof verbracht. Ihre Mutter war gestorben, als sie vierzehn war. Der Verlust schmerzte sie immer noch. Hier in den Bergen, bei ihren Ladinern, fühlte sie sich zu Hause.

Schon seit ihrer Kindheit interessierte sie sich dafür, hinter die Fassade ihrer Mitmenschen zu schauen und deren Abgründe zu verstehen. Sie wollte herausfinden, was sie zu ihrem Verhalten antreibt. Kein Wunder, dass sie Psychologie studiert hatte. Nach ihrem Studium hatte sie dann sogleich die Chance ergriffen, in den Polizeidienst einzutreten.

„Was ist so toll an den Ladinern? Mich schauen sie an, als wäre ich Luft", hakte Silvestri nach.

Thaler zögerte und meinte dann: „Die Ladiner leben seit Ewigkeiten hier. Selbst die durchgewanderten Germanenvölker haben sie nicht verdrängt. Schon deshalb lieben und verehren sie ihre Täler und Berge, ihre Kultur, ihre Sprache, ihre Sagen. Vor zwei Generationen waren hier alle noch Bauern.

Gott ja, durch den Tourismus hat sich vieles geändert. Es ist viel Geld den Gaderbach hochgeflossen. Mancher Hotelier hat seinen Porsche in der Garage stehen. Dennoch haben die meisten Ladiner ihre Gastfreundschaft und Aufrichtigkeit bewahrt. Natürlich gibt es Streit um die weitere Entwicklung. Alle wollen ihr Stück vom Kuchen. Aber eines ist sicher, gewalttätig sind die Ladiner nicht."

„Das hört sich fast romantisch an, von der Gastfreundschaft habe ich noch wenig bemerkt."

„Oberleutnant Silvestri, Sie sind nun mal kein Gast. Sie verkörpern die wenig geliebte Staatsmacht. Außerdem, so leid es mir tut, das Image von Süditalienern ist hier nicht gut." Als Thaler bemerkte, wie das Gesicht von Silvestri erstarrte, fuhr sie fort: „Vielleicht ein schwacher Trost: Jeder Zuzügler hat es hier schwer. Selbst Christina, die schönste Frau im Tal, verheiratet mit dem hier geborenen Wirt der Faneshütte, wird nicht als Einheimische akzeptiert, obwohl sie schon seit Jahren hier lebt und nur zwei Täler weiter zur Welt gekommen ist."

So langsam verstand Silvestri, warum Christa nicht als Einheimische angesehen wurde und auch er und sein Freund Jamal niemals eine Chance haben würden, in Colvilla dazuzugehören.

Zum Abschluss bestellten beide noch einen Espresso. Die Zeit war wie im Flug vergangen, und als sich das Restaurant nach und nach leerte, brachen auch die zwei Ermittler auf.

Dem Oberleutnant steckte die letzte Nacht noch in den Knochen. Dennoch wollte er unbedingt Lisa sehen. Er hatte ihr bereits im Restaurant, als Daniela Thaler kurz den Tisch verlassen hatte, eine SMS geschickt, dass er wegen eines Geschäftsessens verhindert sei, sie aber heute noch gerne treffen wollte.

In seinem Dienstwagen schaltete er wieder sein Smartphone ein und fand Lisas Antwort vor, dass sie ihn ab elf Uhr in Ricos Bar erwarte. Sofort fiel seine Müdigkeit von ihm ab. Zügig fuhr er zur Kaserne in seine Dienstwohnung, zog sich um und ging dann in Zivil gekleidet raschen Schrittes den kurzen Weg zur Rico Bar.

Lisa wartete bereits alleine an einem Tisch und hatte ein Glas Aperol Spritz vor sich. Sie umarmten sich zur Begrüßung. Silvestri setzte sich ihr gegenüber. Ihm fiel auf, wie ernst und verschlossen Lisa auf einmal wirkte.

„Den ganzen Tag haben wir uns nicht gesehen und am Abend warst du auch nicht erreichbar. Was war das denn für ein ominöses Geschäftsessen? Was für Geschäfte betreibst du eigentlich?"

Widerwillig beschloss Silvestri, Farbe zu bekennen. „Wir ermitteln in einem wichtigen Fall. Ich arbeite bei den Carabinieri."

„Himmel, bei denen bist du? Ein Hüter von Recht und Ordnung?", zeigte sich Lisa überrascht.

„Si, si, wenn du so willst. Allerdings habe ich das Gefühl, eher für Unrecht und Unordnung zuständig zu sein."

„Weißt du, ich studiere Geschichte und habe daher ein zwiespältiges Verhältnis zur Polizei. Oft genug half die den Herrschenden, ungerechte Verhältnisse durchzusetzen", hörte Silvestri Lisa antworten. Genau die befürchtete Reaktion.

„Historisch gesehen mag das ja stimmen, im Feudalismus oder in Diktaturen. Aber wir leben heutzutage in einer Demokratie, und auch die benötigt eine funktionierende Polizei, sonst herrscht das Recht des Stärkeren. Wir sind für alle da, auch für die Schwächeren unserer Gesellschaft. Die Reichen und Mächtigen sind nicht auf uns angewiesen, die können sich ihre private Security leisten", gab Silvestri aufgebracht zurück.

„Entschuldige, ich wollte dich nicht ärgern, aber es überrascht mich, dass hier im friedlichen Alta Badia Polizei nötig ist."

„Am Dienstag ist eine Frau aus Colvilla ermordet worden. Kannst du dir vorstellen, wie verstört hier alle sind? Vor allem die junge Frau und der junge

Mann, die sie großgezogen hat, auch die Nachbarn und die ganze Ortsgemeinschaft. Die können erst damit abschließen, wenn wir den Täter vor Gericht gebracht haben."

„Ich gebe es ja nur ungern zu, aber das verstehe ich absolut. Wenn ich mir vorstelle, dass so etwas einer Freundin oder Nachbarin passieren würde... Was wisst ihr denn schon über die Tat?"

„Mi dispiace, ich darf dazu nichts sagen. Aber lass uns doch von schöneren Dingen reden. Wie war denn dein Tag?"

Lisa berichtete, sie habe sich früh aus den Federn gequält, um mit Judith die lange Tour auf die Marmolada zu unternehmen. Sie hätten von dem Dreitausender eine fantastische Aussicht auf die verschneiten Berge ringsum genossen und wären dann die lange Piste auf schönstem Neuschnee heruntergeschwungen. Unterwegs kehrten sie in der einen oder anderen Hütte ein. Kurz, es sei ein schöner Skitag gewesen. Lisa erwähnte auch, Judith habe gestern jemanden im Hexenkessel kennengelernt, und deswegen besuche sie die Disco auch heute wieder ausgiebig.

Erneut war Silvestri fasziniert, mit welcher Lebendigkeit Lisa ihre Erlebnisse schilderte. Als ihr offenbar warm geworden war und sie ihren Pullover ausgezogen hatte, ertappte er sich dabei, wie er sich bemühen musste, nicht auf ihre festen runden Brüste zu starren, die sich unter ihrem Shirt abzeichneten. Er setzte sich nun neben sie, legte seinen Arm um ihre Schultern und spürte, dass ihre anfängliche Zurückhaltung verflogen war.

Bald brachen sie Arm in Arm zu Lisas Hotel auf.

Freitag

Auch heute holte der Wecker den Oberleutnant in aller Frühe aus seinen Träumen. Wie letzte Nacht hatte er viel zu wenig Schlaf abbekommen. Als Judith gegen drei Uhr ins Hotel zurückgekommen war, wo sich die zwei Freundinnen das Doppelzimmer teilten, hatte sich Silvestri in aller Eile angezogen und das Quartier schleunigst verlassen.

Nach kurzer Morgentoilette und einem Espresso eilte er in sein Büro. Kurz nach acht Uhr morgens rief er Major Greco, den Leiter der Kriminaltechnik in Bozen, an.

„Bedaure, wir sind völlig unterbesetzt, die Hälfte meiner Leute ist krank, im Urlaub oder auf Fortbildung. Wir konnten uns noch nicht mit dem Testament beschäftigen", entschuldigte sich der Major.

„Bitte, es ist dringend. Es geht um einen Mord. Wahrscheinlich führt uns das Testament auf eine heiße Spur!", drängte Silvestri.

Anschließend suchte er Franco Senoner auf. Die Befragung wollte er selbst übernehmen. Als die Kommissarin gestern berichtete, dass der Tierarzt der Geliebte von Signora Vella war, ließ ihn das aufhorchen. Es klang für ihn so, als würde dieser für Daniela eine besondere Rolle spielen, und er befürchtete, sie könnte voreingenommen sein. Das Haus von Senoner

mit Wohnung und Kleintierpraxis lag vom Sonnenhof aus gesehen am entgegengesetzten Ende Colvillas
auf einer Anhöhe. Auch hier eröffnete sich eine eindrucksvolle Aussicht auf die schroffen Dolomitengiganten und die verschneite Landschaft.

Die Sprechstundenhilfe Irina Goller öffnete die Tür
und musterte den Oberleutnant mit fragendem Blick.
Nachdem er ihr mitgeteilt hatte, dass er den Tierarzt
sprechen wolle, wirkte sie entspannter und führte ihn
ins Wartezimmer. Dort saß eine ältere Dame mit ihrem Labrador, der vor Aufregung nicht stillsitzen
konnte und unangenehm nach Hund roch. Während
Silvestri wartete, bis der Tierarzt Zeit hatte, musterte
er die Sprechstundenhilfe. Die kräftige Mitdreißigerin
wirkte auf ihn gepflegt und freundlich, aber irgendwie unnahbar.

Nach dem Labrador hatte der Tierarzt Zeit und
führte Silvestri in sein Sprechzimmer. Franco Senoner
wirkte filigran und entsprach so gar nicht dem Bild
des Tierarztes, der bei der Geburt von Kälbern oder
Fohlen und auch sonst kräftig zupacken musste. Mit
seiner Pfeife, dem schmalen länglichen Gesicht und
der randlosen Brille sah er eher wie ein schöngeistiger
Intellektueller aus. Im Hintergrund erklang klassische Musik.

„Schubert", erklärt er, „der beste Trost, elegisch
und bis in die Unendlichkeit schön. Ich ahne, weswegen Sie zu mir kommen. Es geht sicher um Christa."

„Sie sagen es, Dottore Senoner. Aber zunächst möchte ich Ihnen mein Beileid aussprechen! Ich habe bereits gehört, dass Signora Vella Ihre Partnerin war und kann mir vorstellen, wie schwer das für Sie ist. Dennoch muss ich Ihnen einige Fragen stellen."

„Ich begreife das alles nicht. Es ist so unvorstellbar. Christas gibt es nicht mehr! Ich zermartere mir das Gehirn, wer das getan haben könnte, und komme zu keinem Ergebnis. Bernadette, ihre Schwägerin, kämpfte bis aufs Messer um ihre angeblichen Erbansprüche. Es ging um ziemliche Summen. Richtig schlimm wurde es, als sich auch noch Bruno Moreda einmischte. Aber deswegen morden?"

„Haben Sie noch andere im Verdacht?"

„Verdacht ist zu viel gesagt. Der Apotheker und sein Spezi, der Immobilienmakler, wollten ja mit Christa auf dem Sonnenhof bauen, da gab's immer mehr Reibereien. Christa hatte zuletzt die Nase von den beiden gestrichen voll und wollte sich an einen Makler wenden, den Hof verkaufen und den ganzen Ärger loswerden."

„Wann haben Sie selbst Signora Vella das letzte Mal gesehen, und war sie da irgendwie anders als sonst?"

„Wir haben das letzte Wochenende zusammen bei ihr auf dem Sonnenhof verbracht. Die meiste Zeit waren wir im Haus. Das schlechte Wetter ist ihr aufs

Gemüt geschlagen, aber das war nichts Ungewöhnliches.

Und was die Auseinandersetzungen anging, hatte ich nie den Eindruck, dass sie sich bedroht fühlte, auch wenn Bernadette heftig auftreten konnte."

„Noch eine Frage: Wo haben Sie sich in dem Zeitraum vom Montagnachmittag bis Dienstagmorgen aufgehalten?"

„Verdächtigen Sie mich etwa?", fragte der Tierarzt mehr erstaunt als empört nach.

„Reine Routine. Wir ermitteln in alle Richtungen", antwortete Silvestri.

„OK, lassen Sie mich überlegen. Wir hatten an dem Tag bis sechs Uhr abends Sprechstunde. Ich habe mich umgezogen, bin zur Pizzeria Forno gegangen und habe gegessen. Anschließend bin ich ohne Umwege zurückmarschiert. Zu Hause habe ich Musik gehört, Vivaldi."

„Zeugen?"

„Meine Sprechstundenhilfe. Mit der habe ich die Praxis abgeschlossen. In der Pizzeria werden Sie schon jemanden finden, der das bestätigen kann. Die Musik habe ich alleine gehört."

Silvestri ließ sich von der Sprechstundenhilfe zu Francos Auto führen. Er fotografierte den dunklen Geländewagen und den kleinen Volkswagen von Irina Goller, der daneben parkte.

„Ist an unseren Autos etwas Besonderes?", interessierte sich die Sprechstundenhilfe.

„Ach, wir haben einen Zeugen. Bei seiner Aussage spielt ein Wagen eine Rolle", antwortete der Oberleutnant leichthin.

Daniela Thaler fuhr zeitig am Vormittag mit ihrem Dienstwagen, einem Seat, nach Bruneck, um Bernadette Kumpatscher zu befragen. Seit sie sich vor zwei Jahren erfolgreich auf die Stelle bei der Polizia di Stato beworben hatte, wohnte sie in dieser Stadt. Mit Hilfe von Kollegen hatte sie wenige Gehminuten vom mittelalterlichen Stadtkern entfernt eine kleine Wohnung gefunden.

Den Wagen stellte Thaler auf einem Parkplatz nahe der Altstadt ab. Sie passierte das Ursulinentor und gelangte in die Stadtgasse mitten im Zentrum. Ihr gefielen die alten Bürgerhäuser. Etliche zeigten auf ihrer Fassade Gemälde oder Ornamente. Um die Ecke stand auch das Gymnasium, das sie bis zum Abitur besucht hatte. Ein paar Schritte weiter lag der Laden für Trachtenmode, in dem Christa Vellas Schwägerin arbeitete.

Von außen fielen Thaler die Schaufensterpuppen auf, die mit Lederhosen, karierten Hemden und grobgestrickten Jankern, andere mit farbenfrohen Dirndln und Schürzen bekleidet waren. Im Laden entdeckte die Kommissarin Bernadette Kumpatscher vor einem der überquellenden, bis zur Decke reichenden Regale. Sie war alleine im Laden. Thaler dachte bei ihrem Anblick an eine Maus – kleines, schmales Gesicht mit spitzer, rötlicher Nase, vorwurfsvoller Blick aus dunklen engstehenden Augen.

„Bun dé, Mada Kumpatscher, ich muss Ihnen ein paar Fragen zum Tod Ihrer Schwägerin Christa Vella stellen," eröffnete Thaler das Gespräch.

„Wie redest du? Seit wann siezt du mich? Willst du mich jetzt nicht mehr kennen? Mit deinem Vater bin ich sogar zur Schule gegangen. Bist du jetzt etwas Besseres, seit du studiert hast und jetzt bei der Polizei bist?"

„Natürlich nicht! Ich wollte nur höflich sein. Kannst du mir etwas zum Tod von Christa sagen?"

„Gott soll mir vergeben, aber über ihren Tod bin ich nicht traurig. Sie passte nicht zu uns. Den Heiner hat die Schnepfe doch nur geheiratet, damit sie an den Sonnenhof kommt. Liebe?! Ich bitte dich! Wer glaubt denn daran!? Als Heiners Diabetes immer schlimmer wurde, hat sie dafür gesorgt, dass er möglichst schnell stirbt! Wenn sie da mal nicht nachgeholfen hat."

„Das hört sich ja reichlich wütend an."

„Ich konnte sie auf den Tod nicht ausstehen. Ohne sie würde Heiner heute noch leben. Aber bevor du fragst, ich habe sie nicht umgebracht. Ich habe sie zuletzt vor drei Wochen beim Amtsgericht in Bozen gesehen", antwortete Bernadette Kumpatscher.

„Du weißt schon, dass so eine Wut ein starkes Tatmotiv sein kann," gab die Kommissarin zu bedenken und fuhr fort: „Wie sieht es jetzt mit dem Hof aus? Wer erbt den?"

„Ich jedenfalls nicht. Mein Anwalt sagt, wenn es kein Testament gibt und auch keine Verwandten von der Schnepfe aufgefunden werden, würde der Staat alles erben. Soweit kommt es dann, und mir bleibt nichts als ein kleiner Pflichtteil von all dem übrig, was meine Eltern einmal besaßen. Findest du das gerecht?"

„Ich habe gehört, du hättest deine Ansprüche an Bruno Moreda verkauft?"

„Wer erzählt das denn? Das stimmt überhaupt nicht. Aber, warum interessierst du dich überhaupt dafür? Du glaubst doch nicht ernsthaft, dass ich was mit ihrem Tod zu tun habe. Ich weiß, dass sie bei einem Autounfall gestorben ist. Wie hätte ich das hinbekommen sollen?"

„Wenn du nichts mit dem Tod von Christa zu tun hast, kannst du mir sicher sagen, wo du von Montagabend bis Dienstagvormittag warst", forderte sie die Kommissarin auf.

„Am Montagabend habe ich mich um zehn nach sieben von meiner Chefin verabschiedet und den Laden verlassen. Ich bin direkt nach Hause gegangen, habe mir Nudeln mit Pilzen gekocht und dann ferngesehen - Lady Macbeth. Um ungefähr elf war ich im

Bett. Um sieben Uhr in der Früh bin ich aufgestanden, habe gefrühstückt, meine Hausarbeit erledigt und war um halb zehn im Laden", ratterte Signora Kumpatscher herunter.

„Zeugen, außer deiner Chefin, gibt´s keine?"

„Ich bin seit zehn Jahren Witwe und lebe allein. Etwa um halb neun klingelte die Nachbarin aus dem ersten Stock und lieh sich ein Ei."

„Danke, das war´s. Ach, noch etwas, was für ein Auto fährst du?"

Die Signora lachte bitter: „Wie soll ich mir das leisten können? Ich fahre mit dem Bus."

Daniela ging nun die wenigen Schritte zu ihrer Wohnung, holte die Post aus dem Briefkasten. Und fand nur Rechnungen und Werbebriefe vor. Sie lüftete die Wohnung und goss ihre zwei Yuccapalmen. Dann machte sie sich auf den Rückweg nach Colvilla. Dort suchte sie gegen Mittag die Apotheke auf. Wieder war der Laden voller Kunden. Fast zehn Minuten musste die Kommissarin warten, bis der Apotheker zu sprechen war.

„Ich muss dir noch ein paar Fragen wegen Christa stellen."

„Gestern haben mich schon die Carabinieri verhört. Heute die Polizia, und wer kommt morgen? Was sollen meine Kunden von mir denken?", reagierte Martin Bacher ziemlich ungnädig.

Er winkte Thaler in sein Büro und griff zu seiner E-Zigarette.

„Mir ist zu Ohren gekommen, dass du ziemlich viel Geld in das Projekt Sonnenhof gesteckt hast. Wieviel war es denn?"

„Richtig, ich habe reichlich Geld und Energie in das Projekt gesteckt. Genau habe ich noch nicht nachgerechnet, wie viel das war. Einige zehntausend Euro sind da sicherlich reingeflossen. Ich wüsste nicht, was euch das überhaupt angeht."

„Und dann ist Christa von dem Vertrag mit dir und Max Gasser abgesprungen."

Der Apotheker verdrehte die Augen. Er wirkte, als müsse er sich sehr zusammenreißen, um ruhig antworten zu können. „Das stimmt nicht! Wir mussten uns über ein paar Formulierungen einigen. Christa hat schließlich den Vertrag unterschrieben. Alles ist in bester Ordnung."

Nachmittags befragte Silvestri die Geschwister Costiner. Den kurzen Weg von der Kaserne zu Freddys Wohnung ging er zu Fuß. Es dauerte eine ganze Weile, bis dieser öffnete. Mit wild abstehenden Haaren wirkte er, als sei er gerade aufgestanden. Nur widerwillig ließ er den Oberleutnant in seine Wohnung.

Auf die Frage nach seinem Alibi reagierte Freddy, wie zu erwarten war, empört. Christa sei für ihn wie eine Mutter gewesen. Er sei jedenfalls in der gesamten fraglichen Zeit zu Hause gewesen. Dabei wirkte er ziemlich fahrig. Deshalb entschied sich Silvestri für einen Schuss ins Blaue. „Das ist aber merkwürdig. Zeugen haben Sie am Montagabend unterwegs gesehen."

„Das muss ein Irrtum sein, ehrlich", antwortete Freddy mit tonloser Stimme.

„In dem Fall muss ich Sie bitten, mit auf unsere Dienststelle zu kommen, da gehen wir der Sache auf den Grund."

„Porca miseria, wirklich, ich war am Montag nicht einmal in der Nähe von Christa. An dem Abend bin ich mit einem Kumpel zum Campo-Longo-Pass gefahren, so um etwa sechs Uhr. Wir sind dort mit seinem Hund spazieren gegangen."

„Im Dunkeln wollen Sie spazieren gegangen sein? Ich glaube Ihnen kein Wort", sagte Silvestri barsch und hoffte, dass sein Bluff funktionieren würde. Die angeblichen Zeugen hatte er erfunden.

Freddy war jedenfalls reichlich verunsichert. Er gestand, dass er mit dem Freund Holzlatten von alten, baufälligen Hütten am Campo Longo demontiert hatte. Die Hütten an den Hängen würden sowieso verfallen. Das Holz war jedoch begehrt. Es wurde aufgearbeitet und anschließend für die Inneneinrichtung von Läden und Lokalen verwendet, meist hier in der Gegend.

Die Frage nach dem Auftraggeber mochte Freddy ungern beantworten und wand sich ziemlich, bis er zugab, dass Bruno Moreda das Holz angefordert hatte. Der Wirt beabsichtigte, seine Ütia La Stria zu erweitern. Auch den Namen seines Kumpels nannte er schließlich.

Nach seinem Geständnis wirkte Freddy erleichtert. Dass er mit einer Anzeige wegen Diebstahls rechnen musste, schien ihn nicht zu ängstigen.

Sandra Costiner reagierte auf die Frage nach ihrem Alibi zunächst ungläubig. Erklärte nach einigem Zögern, dass sie in dem fraglichen Zeitraum mit ihrem Verlobten zusammen gewesen war.

Auf dem Weg zurück zur Kaserne rief der Oberleutnant Brigadiere Carbone an und beauftragte ihn, die Aussagen der Geschwister Costiner zu überprüfen.

Als Silvestri das Dienstgebäude der Kaserne betrat, wurde er sogleich von der Sekretärin des Standortkommandeurs abgefangen. Signora Aurelia strahlte allein durch Statur und Körpersprache die Aura einer Chefsekretärin aus. Auch ohne militärischen Rang verstand jeder, wer hier das Kommando hatte. Die Sekretärin richtete ihm aus, er solle sofort zu Capitano Di Salvo kommen. Silvestri schaute der noch recht ansehnlichen Mittvierzigerin, die sich gerne in schwere Parfümwolken hüllte, in die Augen.

„Signora Aurelia, wie schön, Sie zu sehen! Die Bluse passt ausgezeichnet zur Farbe Ihrer Augen, und dazu der betörende Duft! Welches Parfüm nehmen Sie, wenn ich fragen darf?"

„Das ist Guilty von Gucci", antwortete Signora Aurelia, errötend über Silvestris Komplimente, und dämpfte etwas kokettierend ihre Stimme: „Ach, Sie Charmeur. Sie interessieren sich doch in Wirklichkeit mehr für die schicken Touristinnen aus Rom, Mailand oder Berlin. Ist es nicht so? Aber jetzt haben Sie ja die adrette Signora Commissario an Ihrer Seite."

Silvestri fühlte sich ertappt. „Wird mir nachspioniert?", überlegte er und ging zum Offiziellen über. „Ehem, was möchte der Capitano von mir?"

„Ich weiß nicht, gehen Sie bitte hinein."

Silvestri klopfte an und trat in das Büro seines Chefs, ohne auf das obligatorische Avanti zu warten. Das Büro des Capitanos war weit eindrucksvoller als die Diensträume seiner Untergebenen: moderne Büroregale, ein schlichter, aber riesiger Schreibtisch, der Schreibtischstuhl mit besonders hoher Lehne, an zwei Wänden Reproduktionen von Miro, aus dem großen Fenster ein überwältigender Ausblick auf die Berge. Der Capitano schaute missbilligend zu Silvestri.

„Schön, dass Sie da sind! Das nächste Mal treten Sie aber bitte erst ein, wenn ich Sie auffordere!"

„Entschuldigung, Sie haben mich rufen lassen."

„Richtig, Herr Oberleutnant, Sie haben - wie wir alle - den Befehl, Ihre Dienstzeiten mit den Stempelkarten zu dokumentieren. Aber Sie scheint das nicht zu interessieren! Muss ich Ihnen erzählen, warum wir Stempelkarten brauchen? Muss ich Ihnen erzählen, dass in den Behörden oft nicht die Hälfte der Diensthabenden anzutreffen ist? Diese Fannulloni, die sich während des Dienstes am Meer einen sonnigen Lenz machen, shoppen gehen, die Enkelkinder hüten …"

Porco Miseria, was ist denn in den gefahren, gibt es nichts Wichtigeres?, dachte Silvestri verärgert und antwortete bestimmt: „Capitano, rechnen Sie mich bitte nicht zu denen! Es liegt mir fern, Befehle zu missachten, ich habe bedauerlicherweise meine Stempelkarte verlegt. Außerdem wissen wir genau, dass die Stempelei auch nicht bei jedem Drückeberger hilft.

Durch die Presse gingen doch die unrühmlichen Beispiele: die Ehefrau in Udine, die für ihren Mann, den Vice Questore, die Karte abstempelte, oder der Polizist in Bergamo, der früh aus seiner Dienstwohnung in Unterwäsche zur Stempeluhr flitzte und dann in aller Gemütlichkeit seine Morgentoilette erledigte und noch frühstückte. Alles als Dienstzeit ausgewiesen."

„Wie auch immer, Befehl ist Befehl! Was mich aber mehr interessiert, wie steht's im Fall Signora Vella und wie läuft die Zusammenarbeit mit der Signora Commissario?"

Silvestri fasste die bisherigen Erkenntnisse zusammen. Capitano Di Salvo schaute dem Oberleutnant verschwörerisch in die Augen und ließ ihn wissen: „Ich möchte, dass wir, die Carabinieri, den Fall schnell lösen. Lassen Sie sich meinetwegen von der Signora der Polizia di Stato helfen, wenn es der Staatsanwalt so will. Hier in Colvilla sind wir die Kriminalpolizei, und so soll es auch bleiben. Machen Sie das geschickt. Und kein Wort davon zu anderen! Ich habe das nie gesagt."

Dass unser Chef so doppelbödig denkt, ging Silvestri durch den Kopf, der den Capitano bisher nur als einen reichlich humorlosen, gradlinigen Bürokraten kannte, der alles akkurat ausgeführt haben wollte. Mir soll's recht sein. Wenn er es so sieht, habe ich seine Rückendeckung, wenn ich's mit der Kooperation nicht zu weit treibe.

„Noch eine wichtige Information", fuhr der Capitano fort, „für den späten Nachmittag hat sich Staatsanwalt Gruber angemeldet. Er möchte von Ihnen unterrichtet werden und hat um siebzehn Uhr eine Pressekonferenz angekündigt. Er will Sie und Commissario Thaler dabeihaben."

Silvestri wurde heiß und kalt. Grimmig dachte er: Porca Miseria, erst dieses Theater mit den Stempelkarten und jetzt soll ich mich vor der Presse zum Affen machen!

Laut sagte er: „Was soll das? Am Mittwoch habe ich den Fall bekommen, und heute, am Freitag, soll ich ihn gelöst haben?"

Im Vorzimmer erbat er von Signora Aurelia eine neue Stempelkarte.

„Oberleutnant, Ihnen mache ich gerne eine neue Karte fertig. Aber lassen Sie sich nicht dabei erwischen, wie eine Ihrer Freundinnen stempelt, während Sie noch in den Federn sind."

„Signora Aurelia, was denken Sie von mir?!"

„Scusi, kleiner Scherz, Oberleutnant, ich weiß, dass Sie kein Fannullone sind."

Was ist heute los, jetzt bekomme ich nicht nur vom Chef, sondern sogar von seiner Sekretärin einen auf den Hut! Was reitet die auf einmal?, überlegte Silvestri und war sprachlos.

Er versammelte seine Ermittlungsgruppe zum Meeting in seinem Büro. Draußen dämmerte es inzwischen. Drinnen verbreiteten die Neonröhren der Deckenlampen ihr trostloses Licht, das zur düsteren Stimmung von Silvestri passte.

„Wir haben uns extrem große Mühe gegeben und alle Leute befragen können. Wir sind sogar in der Mittagspause mit der Seilbahn zur Ütia La Stria hochgefahren. Die Hütte erbte übrigens Bruno Moreda von seinen Eltern, Anna und Anton Moreda, obwohl er noch ältere Brüder hat und...", trug Brigadiere Carbone vor.

„Carbone", unterbrach der Oberleutnant unwillig, „ich möchte nicht wissen, wie du zu wem gefahren, geritten oder gelaufen bist, und auch nicht, wer von wem was auch immer geerbt hat. Ich möchte nur wissen, ob die Alibis wasserdicht sind."

Der Brigadiere straffte sich und führte dann in einem knappen Bericht aus, dass sich Moredas Angaben mit denen seiner Angestellten deckten. Er hatte die Hütte um acht Uhr abends verlassen, erschien in seinem Hotel eine knappe Stunde später und war bis in die Nacht beschäftigt.

„Na also, geht doch!", meinte Silvestri etwas freundlicher.

„Wenn Sie mich fragen, Herr Oberleutnant, braucht man nicht so lange, um von der Ütia La Stria zu dem Hotel zu kommen. Das dauert keine zehn Minuten", merkte Carbone an.

„Carbone, du hast recht, das ist wirklich interessant. Und wie sieht's mit den anderen aus?", äußerte sich der Oberleutnant anerkennend.

„Die Alibis vom Apotheker und von Max Gasser werden von ihren Ehefrauen, ihren Angestellten oder von anderen Zeugen, wie Franz, dem Barmann der Tirol Bar, bestätigt. Die scheinen wasserdicht zu sein", fasste Brigadiere Carbone sich kurz.

„Die Frage lautet: Wie viel ist das Alibi einer Ehefrau oder eines Angestellten wert? Aber gehen wir erst einmal davon aus, dass die Aussagen stimmen", meinte Silvestri zu den Ausführungen des Brigadiere.

Carabiniere Incoronato berichtete, dass sie nun alle Nachbarn von Signora Vella befragen konnten. Niemand hatte etwas Auffälliges bemerkt. Der Nachbar, dem das Bellen von Tux am Montagabend aufgefallen war, betonte, er sei ganz sicher, den Foxterrier mehrere Minuten vor sechs Uhr gehört zu haben. Er habe gerade die Abendnachrichten einschalten wollen.

„Unser Täter hat also mutmaßlich zu diesem Zeitpunkt an den Bremsschläuchen von Signora Vellas Auto gesägt", meinte der Carabiniere beflissen.

Gewarnt von Silvestris schlechter Laune, fasste Brigadiere Carbone zusammen, was er aus dem Labor in Erfahrung gebracht hatte. Die Untersuchungen von Moredas Messer hatten keine verdächtigen Spuren erbracht. Ebenso wenig zeigten sich Fingerabdrücke oder DNA-Spuren an den Bremsschläuchen von Signora Vellas Fiat. Dagegen waren in Signora Vellas Haus die Fingerabdrücke von ihr selbst, Moreda, Senoner und zwei noch unbekannten Personen gefunden worden, vielleicht von den Geschwistern Costiner.

„Warum, zum Teufel, habt ihr das noch nicht überprüft?", murrte Silvestri.

Der Brigadiere verteidigte sich damit, dass er Sandra und Freddy Costiner bereits für heute Nachmittag einbestellt hätte, was beim besten Willen nicht schneller gegangen wäre. Als er berichtete, dass die Kriminaltechnik noch nicht dazu gekommen war, das Testament von Signora Vella zu überprüfen, stöhnte Silvestri vernehmlich auf.

Danach informierten Commissario Thaler und Oberleutnant Silvestri die anderen der Ermittlungsgruppe über ihre heutigen Befragungen.

„Gleich erscheint Staatsanwalt Gruber und möchte anschließend an die Presse gehen, dafür müssen wir ihm Material liefern. Zumindest irgendetwas, das sich halbwegs gut anhört. Lasst uns gemeinsam überlegen, welches Bild sich bisher abzeichnet", forderte Silvestri die Ermittler auf.

„Die Schwägerin könnte auf Rache sinnen, jedenfalls ist sie extrem eifersüchtig", äußerte sich die Kommissarin als erste. „Vielleicht kommt auch Habsucht als Motiv in Frage, sie möchte am liebsten das ganze Erbe bekommen. Ihr Alibi ist lückenhaft und noch nicht geprüft. Andererseits kann ich mir nicht vorstellen, dass sie die Tat bewerkstelligen konnte."

„Sie könnte einen Komplizen gehabt haben, dann wäre es extrem leicht gewesen", gab Brigadiere Carbone zu bedenken.

Silvestri stimmte zu: „Richtig, wir sollten alle Möglichkeiten in Betracht ziehen. Stark verdächtig finde ich Max Gasser. Bei ihm liegt Habsucht als Motiv auf der Hand. Angeblich soll er pleite sein. Wenn er die Hälfte vom Sonnenhof erben würde, könnte er sich bei seinen Gläubigern Luft verschaffen. Nur, er kann es eigentlich nicht gewesen sein. Sein Alibi wird von unseren Zeugen bestätigt. Es enthält zwar eine Lücke von eineinhalb Stunden. In der kurzen Zeit konnte er jedoch unmöglich von Brixen nach Colvilla und wieder zurückgefahren sein."

„Wir müssen wissen, was mit dem Testament los ist. Ebenso muss der Vertrag zwischen Christa Vella, dem Apotheker und dem Baulöwen überprüft werden. Ich glaube, dass sowohl das Testament als auch der Vertrag gefälscht sind. Christa liebte Sandra und Freddy und hätte die beiden, weiß Gott, sicher im Testament bedacht", meinte Commissario Thaler.

Auch dem stimmte Silvestri zu und ergänzte, dass Martin Bacher als zweiter Erbe mit Max Gasser unter einer Decke stecken könnte. Aber auch der Apotheker schien ein Alibi zu haben und so richtig traute er ihm keinen Mord zu.

Als weiteren Verdächtigen diskutierten sie Bruno Moreda. Auch wenn er ein ruppiger Kerl sein konnte, war bei ihm kein klares Mordmotiv zu erkennen. Immerhin zogen die Ermittler ihn als möglichen Komplizen von Bernadette Kumpatscher in Betracht, zumal sein Alibi keineswegs wasserdicht war. Bei dem Tierarzt und den Geschwistern Costiner sahen sie kaum Anhaltspunkte für den Mord. Weitere Verdächtige hatten sie im Moment nicht.

„Ich tippe am ehesten auf die verhärmte Kumpatscher. Bei ihr sehe ich die stärksten Motive. Ihr könnte es um Rache, aber auch um die Liebe ihres Bruders und ihrer Eltern gegangen sein. Um das dreht es sich nämlich für sie - aus psychologischer Sicht - bei dem Erbe. Schon bei der Hochzeit mit Christa reagierte sie extrem eifersüchtig und besitzergreifend. Das Erbe ihrer Familie symbolisiert für sie die Liebe, nach der sie sich so sehr sehnt. Deshalb hat das für sie eine so große Bedeutung. Es ist nicht nur das Materielle. Wissen Sie, auch das ist aus der Psychologie bekannt, Liebe ist unteilbar. Andererseits wirkt sie auf mich so unscheinbar, dass ich sie mir bei der Tat schwer vorstellen kann", äußerte sich die Kommissarin.

Silvestri zog die Augenbrauen in die Höhe.

„Ich frage mich, ob das nicht zu viel psychologisiert ist? Aber gut, nehmen wir Bernadette Kumpatscher in die Liste unserer Hauptverdächtigen auf. Auf jeden Fall sollten wir die anderen nicht aus dem Auge verlieren."

„Ich verstehe nicht, warum Signora Kumpatscher durch den Tod von Signora Vella profitieren sollte. Den Sonnenhof bekommt sie doch nicht. Sie ist doch keine Erbin?", fragte Brigadiere Carbone nach.

„Sie haben recht. Vielleicht glaubte sie aber irrtümlich, dass sie nach Christa Vellas Ableben den Hof erben würde. Dann hätte sie ein noch stärkeres Motiv gehabt", antwortete Thaler.

Porca miseria, wir stochern im Nebel!, dachte Silvestri bedrückt, nach einem schnellem Ermittlungserfolg sieht das nicht aus.

Durch das Fenster sah er einen blauen Lancia vorfahren, aus dem sich Staatsanwalt Gruber im Lodenmantel herauswuchtete. Der massige Mann schritt mit festen Schritten wie ein Feldherr auf das Dienstgebäude zu. Signora Aurelia öffnete ihm die Tür und grüßte. Geschmeichelt von so viel Aufmerksamkeit, begrüßte der Staatsanwalt die Sekretärin galant und marschierte dann direkt auf Silvestri zu. „Guten Tag Oberleutnant, ich muss mit Ihnen unter vier Augen sprechen."

Silvestri zuckte fast zusammen, nicht weil er Angst vor dem gehabt hätte, was jetzt folgen sollte, sondern weil der Mundgeruch des Staatsanwalts ihm den Atem raubte. Nachdem alle anderen das Büro verlassen hatten, fuhr Dottore Gruber fort: „Ich habe angeordnet, Sie sollten schnell und diskret vorgehen! Aber nein, Sie benehmen sich wie der berühmte Elefant im Porzellanladen! Wie kommen Sie dazu, Herrn Gasser eine Hausdurchsuchung anzudrohen? Wissen Sie überhaupt, mit wem Sie es zu tun haben? Max Gasser ist nicht nur ein angesehener Gastronom und Geschäftsmann, er sitzt auch für die Südtiroler Partei im Gemeinderat und ist mit unserem Landeshauptmann befreundet. Ins Hornissennest haben Sie gestochen! Was meinen Sie, welche Anrufe ich deshalb in Empfang nehmen durfte?"

Giovanni Silvestris Laune sank in Richtung absoluter Nullpunkt. Dennoch war seine Angriffslust geweckt: „Lieber Signore Dottore, ich wusste gar nicht, dass Geschäftsleute und Freunde von Spitzenpolitikern zur Kaste der Unbefragbaren gehören. Sie kennen doch gar nicht die Gründe, warum ich so vorgegangen bin!"

„Silvestri, merken Sie sich, es ist gefährlich, den Löwen zu reizen! Ich erwarte, dass Sie so eine Aktion vorher mit mir absprechen. Haben Sie mich verstanden?"

Widerwillig nickte Silvestri. Bevor er lange grübeln konnte, wen der Staatsanwalt mit dem König der Tiere meinte, musste er sich darauf konzentrieren, Gruber auf den aktuellen Stand der Ermittlungen zu bringen.

Der Staatsanwalt seufzte. „Ich hatte gehofft, Sie wären schon weiter. Nur, dass ich Sie richtig verstehe:

Als erstes haben wir die Herren Gasser und Bacher. Die hätten vielleicht ein Motiv, meinetwegen! Aber da beide ein Alibi haben, haben Sie sich da rauszuhalten und sich nicht für irgendwelche Verträge, die sie abgeschlossen haben, zu interessieren.

Als nächste haben wir eine ältere Witwe, die vielleicht eifersüchtig ist und auf Rache sinnt, aber wahrscheinlich keine Ahnung von technischen Dingen hat.

Dann ist da noch Herr Moreda, dem unterstellen Sie, dass er möglicherweise Frau Kumpatschers Komplize war. Ich halte das für wenig plausibel. Sein Alibi mag ja lückenhaft sein. Aber eigentlich hat er doch nichts davon, wenn er bei dem Mord geholfen hätte. Grandios, was soll ich der Presse sagen?"

„Ich schlage das Übliche vor: Wir ermitteln in alle Richtungen und verfolgen bereits mehrere Spuren. Weitere Untersuchungen laufen auf Hochtouren. ..."

Das Konferenzzimmer der Carabinieri war zwischenzeitlich für die Pressekonferenz vorbereitet worden. Es warteten bereits die Presseleute von TV Südtirol, Radio Südtirol und der Dolomiten Zeitung.

Der Staatsanwalt thronte zwischen Silvestri und Commissario Thaler. Er berichtete, dass Signora V. aus Colvilla durch einen Mord ums Leben gekommen sei. Der Wagen der Getöteten sei manipuliert gewesen. Es würde mit Hochdruck ermittelt. Es würden sogar, wie man neben ihm erkennen könne, die

Carabinieri und die Polizia di Stato kooperieren. Erste Anhaltspunkte hätten sich bereits ergeben. Es würde in jede Richtung ermittelt.

Zeugen, die Sachdienliches mitteilen könnten, würden gebeten, sich bei den Carabinieri in Colvilla zu melden.

„Porca Miseria, alle Verrückten und Wichtigtuer von nah und fern werden sich bei uns melden!", stöhnte Silvestri leise.

Die Ausführungen des Staatsanwaltes gelangen einigermaßen schwungvoll, dennoch waren die Nachfragen der Reporter eher lahm. Vor allem konzentrierte sich das Interesse der Pressevertreter darauf, ob mit einer Mordserie zu rechnen sei und ob es Anzeichen für organisierte Kriminalität gäbe.

Als die Pressekonferenz beendet schien, meldete sich Franz Pocher von der Dolomiten Zeitung: „Herr Oberleutnant, wir im Norden sind es ja inzwischen gewohnt, dass die Frauen das Sagen haben. Aber wie fühlen Sie sich als Carabiniere und Süditaliener dabei, dass Sie eine Kommissarin von der Polizia als Aufpasserin verpasst bekommen haben?"

Silvestri schwoll die Zornesader bei dieser Provokation an. Mit größter Mühe gelang es ihm, nicht völlig entgeistert zu wirken. Er atmete zweimal tief durch und antwortete in aller Freundlichkeit: „Gentile Signore Pocher, wir arbeiten mit Hochdruck daran, den Mord an Signora V. aufzuklären, da gilt es die Kräfte zu bündeln. Die Rolle von Commissario Thaler besteht darin, die Ermittlungen, die ich leite, zu unterstützen. Die Aufsicht aber führt, wie immer, die Staatsanwaltschaft, also Dottore Gruber."

Oberleutnant Silvestri hatte für heute genügend Tiefschläge einstecken müssen. Nach kurzer Besprechung mit seiner Ermittlergruppe verabredete er sich mit seinem Team für den nächsten Tag. „Mir ist völlig bewusst, dass morgen Samstag ist. Ich hoffe aber auf Ihr Verständnis, dass ich unserem Täter keine Pause gönnen möchte. Vielleicht sind wir näher dran, als wir im Moment ahnen."

Inzwischen war es dunkel geworden. Silvestri begab sich in Richtung Rico Bar, wo er sich mit Lisa verabredet hatte. Er sah dem Treffen mit gemischten Gefühlen entgegen. Einerseits freute er sich darauf, Lisa wieder zu sehen. Andererseits ging ihr Urlaub zu Ende. Judith und Lisa planten, am nächsten Morgen in aller Frühe abzureisen, bevor die Straßen in den Tälern wie jeden Samstag mit den Autos der Ab- und Anreisenden restlos verstopft sein würden. Von Anfang an hatte er gewusst, dass dieser Abschied kommen würde. Dennoch war er wehmütig. Vielleicht hätte es unter anderen Bedingungen mit Lisa etwas werden können.

Im Ort war es fast menschenleer, außer den „Zijag"-Rufen der Bergdohlen hörte er keine Geräusche. Fast unheimlich, dachte er, bei meinem heutigen Glück hat das sicher was zu bedeuten. Als er an der kleinen Einkaufspassage vorbei ging, schüttelte er seinen Kopf darüber, welcher Kitsch für Touristen angeboten wurde. In den Schaufenstern sah er Miniatur-Kuhglocken mit Halsband, lederne Kniebundhosen, Lederherzen mit ,I love Colvilla' bestickt, handgewebte Stoffe mit Blumenmustern, die geeignet wären, eine Puppenstube auszustaffieren, holzgeschnitzte Gnome und Pfeife rauchende Gartenzwerge jeder Größe.

Als er den vorletzten Laden erreichte, bemerkte er von der linken Seite eine Bewegung. Bevor er reagieren konnte, erhielt er einen harten Schlag auf den Hinterkopf und sank ohnmächtig in den Schnee.

Daniela Thaler saß noch ein paar Minuten an ihrem Schreibtisch und grübelte. Sie hatte das vage Gefühl, dass sie etwas übersehen hatten. Trotz aller Anstrengung führten ihre Überlegungen zu keinem Ergebnis.

Weiß Gott, vielleicht sollte ich meine Karten befragen? überlegte sie. Nur wenige wussten, dass sie ihre Tarotkarten in verzwickten Situationen nutzte, um ihrer Intuition auf die Sprünge zu helfen. Bei der Polizei sollte das natürlich keiner erfahren. Ihre Karten hatte sie in ihrem Gepäck versteckt. Jemand, der einen Blick in die Ledertasche geworfen hätte, hätte nur die vom Flohmarkt erstandene alte silberne Metalldose entdeckt, in der ihr Tarotdeck verpackt war, und kaum auf den Inhalt geschlossen. Eher hätte man darin Kosmetika vermutet.

Schließlich verließ auch sie die Kaserne und freute sich auf den kleinen Spaziergang nach Grones, dem Nachbardorf, der unter anderem auch an der alten Dorfkirche und der Rico Bar vorbeiführte.

Schon nach wenigen Metern Fußweg fuhr ihr der Schreck in die Glieder, als sie vor sich den Oberleutnant reglos im Schnee liegen sah. Sie trat zu ihm und atmete auf, als sie wahrnahm, wie er seine Augen öffnete und schließlich Arme und Beine bewegte. Sie half ihm auf und fragte, was passiert sei. Silvestri konnte sich nur an die rufenden Dohlen und den Schlag auf den Kopf erinnern. Sein Schädel brummte. Er betastete vorsichtig die Beule am Hinterkopf.

Die Kommissarin rief mit ihrem Handy Hilfe herbei und suchte die Umgebung ab. Es war zum Verzweifeln, es waren so viele Schuhabdrücke im Schnee, dass sie unmöglich dem Täter zuzuordnen waren. Auch sonst konnte sie keine verwertbaren Spuren entdecken. Währenddessen durchsuchte Silvestri seine Taschen. Geld, Papiere und Schlüssel waren noch da, aber sein Smartphone war verschwunden.

Inzwischen waren Brigadiere Carbone und Carabiniere Incoronato erschienen. Entsetzt hörten die Kollegen von dem Überfall. Alle machten sich auf die Suche nach dem Diensthandy. Silvestri trieb seine Mitarbeiter immer wieder an. Jedoch ohne Erfolg. Das Smartphone ließ sich nicht finden.

Die zwei Carabiniere fuhren den sichtlich mitgenommenen Oberleutnant zur Kaserne. In seiner Dienstwohnung wechselte er seine Kleidung und übergab Jacke und Hose dem Brigadiere Carbone mit dem Auftrag, diese so schnell wie möglich in die Kriminaltechnik in Bozen zu bringen. Der Täter musste beim Durchsuchen seiner Sachen nach dem Handy Spuren hinterlassen haben. Ohne Hautschuppen oder Haare zu verlieren, war das unmöglich.

Als Capitano Di Salvo von dem Überfall erfuhr, war er außer sich. „Wir haben doch nicht mehr die sechziger Jahre. Das ist nicht nur ein Angriff auf uns alle, sondern auf den ganzen Staat. Wer das war, kann sich auf etwas gefasst machen!"

Er ordnete an, dass man Silvestri sofort zum Unfallarzt in Colvilla fahren sollte und beauftragte damit Carabiniere Incoronato.

Giovanni Silvestri war bedient. Den ganzen Tag über ein Tiefschlag nach dem anderen, und jetzt musste er mit den Schmerzen und seiner Wut über den Überfall auf ihn selbst fertig werden. Sein Schädel dröhnte. Zu allem Ärger hatte er Lisas Nummer nur in seinem Smartphone gespeichert. Wie sollte er ihr erklären, warum es mit dem Treffen nicht klappte?

Am liebsten hätte er sich der Anweisung des Capitanos widersetzt, sah aber keinen Weg, wie er den Befehl, den Arzt aufzusuchen, unterlaufen konnte. Bevor er sich von Carabiniere Incoronato zu Dottore Sorrega fahren ließ, beauftragte er Brigadiere Carbone damit, das Smartphone zu orten und aufzufinden.

Als Dottore Sorrega endlich den Oberleutnant untersucht hatte und ihm wegen Gehirnerschütterung zwei Tage Bettruhe verordnete, war es schon elf Uhr.

Dem erstaunten Carabiniere befahl Silvestri, ihn bei der Rico Bar abzusetzen, da er dort noch Dienstliches zu erledigen habe. Dort traf er Lisa jedoch nicht an, auch der Barkeeper konnte ihm nicht weiterhelfen. Weder in der Roma Bar noch im Hotel waren Lisa oder Ihre Freundin Judith aufzufinden.

In der Lobby des Hotels verfasste er ein paar Zeilen an Lisa. Er schrieb ihr, wie sehr er sich auf das Treffen in der Rico Bar gefreut habe, dass er aber auf dem Weg überfallen und dabei sein Smartphone gestohlen worden sei. Er bat sie, sich zu melden und gab die Nummer seines alten Privathandys an, das er sonst nicht mehr genutzt hatte. Den Brief hinterlegte er an der Rezeption.

Mit dem Gefühl, dass alle Welt sich gegen ihn verschworen hatte, begab er sich zurück in seine Dienstwohnung. Als er dann in seinem Bett lag, tauchten zu seiner Verwirrung Bilder von Daniela Thaler auf, wie er sie gestern lächelnd in seinem Büro antraf und wie sie ihn heute, als er wieder zu sich kam, besorgt anschaute und wieder auf die Beine half.

Samstag

Daniela Thaler wachte in aller Frühe in ihrem alten
Jugendzimmer auf. Auf dem Hof war es nahezu still.
Die Geräusche aus dem Stall signalisierten ihr, dass
die Kühe auf das morgendliche Melken warteten.
Der Bauernhof war einer der wenigen alten traditio-
nellen Höfe und war zum Stolz der Familie vor zwölf
Jahren unter Denkmalschutz gestellt worden. Er bestand aus zwei Gebäuden, beide mit Schindeldächern
gedeckt. Das Wohngebäude beherbergte die Familie
und die Feriengäste. Die oberen Stockwerke mit den
großen Balkonen waren in traditioneller Holzbau-
weise errichtet worden. Die Kühe waren in dem benachbarten Stall- und Scheunengebäude unterge-
bracht. Das Holz des Anwesens hatte sich im Laufe
der Jahrhunderte tief dunkel verfärbt und stand in
malerischem Kontrast zu den weißgekalkten Mauern
der Gebäude. Entlang der Scheune waren Holzscheite
säuberlich geschichtet und trugen ein Schneedach.

Noch vor der Morgendusche half Daniela Thaler
ihrem Vater und dem Bruder beim Melken der vierzehn Kühe. Sie war gerne im Stall. Die Tiere, das Heu,
der intensive Geruch gaben ihr das Gefühl, hier ver-
wurzelt zu sein.
Später genoss sie das Frühstück mit den beiden
Männern. Die Schwägerin versorgte in der Zeit die

Hausgäste. Es gab schwarzen Tee, kräftiges Vinschgauer Brot, Bergkäse und selbstgemachte Marmeladen von Beeren aus dem eigenen Garten. Ihr Vater und ihr Bruder fragten sie über den Mord an Christa Vella aus und brachten sie dadurch in Verlegenheit. Fast alle Beteiligten, auch die Verdächtigen, waren hier im Ort bekannt. Schon deshalb konnte sie zur Enttäuschung der beiden kaum mehr enthüllen, als der Staatsanwalt gestern bei der Pressekonferenz bekanntgegeben hatte.

„Wenn ihr irgendetwas hört, was mir weiterhelfen könnte, sagt es mir bitte", bat sie stattdessen und verabschiedete sich.

In der ersten Morgensonne ging sie mit raschen Schritten durch die Schneelandschaft nach Colvilla.

Als sie die Kaserne betrat, war sie verblüfft, Silvestri an seinem Schreibtisch zu sehen. Am Hinterkopf zeichnete sich unter den kurzen dunklen Haaren erkennbar eine Beule ab. „Hat der Arzt Ihnen nicht Ruhe verordnet?"

„Ja, ja, ich arbeite ganz in Ruhe! Nur eine kleine Gehirnerschütterung. Außerdem habe ich gut geschlafen und bin fit", wiegelte Silvestri ab.

„Bitte schonen Sie sich, wenn Sie ausfallen, haben wir nichts davon. Je länger ich über unseren Fall nachdenke, umso entsetzter bin ich. Zuerst wird eine harmlose Frau ermordet, dann wird auch noch ein

Attentat auf Sie, auf einen Carabiniere, verübt. Mein Gott, wir sind doch nicht in Caracas! Dieser Überfall hat sicher etwas mit unseren Ermittlungen zu tun."

„Das glaube ich auch. Irgendwie sind wir dem Täter auf die Füße getreten, ohne es zu merken. Wie auch immer, zum Teufel, ich möchte so schnell wie möglich den Mistkerl zur Strecke bringen, bevor er noch weiteres Unheil anrichtet.

Die Spurensicherung hat leider nichts Verwertbares gefunden. Aber mir ist klar geworden, dass der Täter Rechtshänder sein muss. Er befand sich links von mir und traf mich ja auf den Hinterkopf."

„Wer weiß, vielleicht hilft uns noch einmal diese Erkenntnis. Aber, was ich mich auch frage, der Täter wollte buchstäblich mit aller Gewalt an Ihr Handy und ist mit dem Überfall ein so großes Risiko eingegangen. Warum um Gottes Willen?"

Der Oberleutnant berichtete, dass es seinen Leuten letzte Nacht gelungen war, das Handy dank der letzten GPS-Daten zu orten. Brigadiere Carbone fand es dann im Gaderbach. „Das Handy ist ruiniert, aber ich konnte den Speicher auslesen. Auffällig ist, dass alleine die Bilddateien gelöscht wurden. Vermutlich müssen die Fotos den Täter in Panik versetzt haben."

„Dazu hätte er doch Ihre PIN kennen müssen. Wie soll er denn an die gekommen sein?"

„Gar nicht. Das muss mit meinem Fingerabdruck passiert sein, als ich bewusstlos war."

„Madonna, ganz schön abgebrüht! Erst Sie niederschlagen, Ihre Taschen durchsuchen, sich dann in aller Ruhe Ihren Zeigefinger schnappen und das Handy entsperren! Hoffentlich finden die Kriminaltechniker Spuren mit genetischem Material an Ihrer Kleidung."

„Und hoffentlich brauchen die für die genetischen Fingerabdrücke nicht so lange wie mit dem Testament von Signora Vella. Der Capitano hat jedenfalls ziemlichen Druck gemacht."

„Können Sie sich erinnern, welche Fotos Sie zuletzt gemacht haben - im Zusammenhang mit dem Mordfall?", fragte Thaler.

„Zum Glück ist das nicht so schwer. Meine Bilder sind in der Cloud gespeichert. Das hätte sich der Täter eigentlich denken können. Mit der Digitaltechnik scheint er sich nicht besonders auszukennen."

Gemeinsam schauten sie mehrfach die Fotos der letzten Tage minutiös durch, ohne auf eine Spur zu kommen. Silvestri runzelte die Stirn.

„Warum ich wegen dieser Aufnahmen überfallen wurde, kapiere ich nicht. Oder haben Sie etwas entdeckt?"

Als Daniela Thaler mit zusammengepressten Lippen den Kopf schüttelte, fuhr der Oberleutnant fort: „Mir fällt nur auf, dass keiner von uns mehr ein italienisches Fabrikat fährt. Wir Italiener waren doch immer eine Nation leidenschaftlicher Automobilisten.

Unsere Autohersteller Alpha Romeo, Ferrari, Lamborghini, Maserati und auch Fiat haben doch die tollsten Autos gebaut! Und nun sind nicht einmal mehr unsere Dienstwagen italienisch."

„Allein Christa Vella, die treue Seele, fuhr einen einheimischen Wagen."

„Ja, aber das bringt uns auch nicht weiter."

„Wenn wir richtig liegen, dass es der Mörder war, der Sie gestern überfallen hat, muss es einer der Autobesitzer sein, deren Wagen Sie fotografiert haben", merkte die Kommissarin an und schlug vor: „Ich habe eine Idee. Lassen Sie mich heute erneut die Aufnahmen machen. Der Attentäter weiß ja nicht, dass die Bilder in der Cloud gespeichert sind. Ohne dass wir den Grund kennen, hat ihn zumindest eines der Fotos zutiefst beunruhigt. Vielleicht verliert er die Fassung, wenn ich jetzt erneut mit der Kamera komme", schlug die Kommissarin vor.

„Ich weiß nicht, ob das eine gute Idee ist. Wenn das klappen sollte, könnte das ziemlich gefährlich für Sie werden. Skrupel scheint der Kerl nicht zu kennen."

„Keine Sorge, ich kann schon auf mich aufpassen", antwortete Thaler und ließ ihre Augen aufblitzen.

So einigten sie sich darauf, dass Daniela Thaler noch einmal die Autos und auch den verdächtigen Vertrag fotografieren sollte. Außerdem übernahm sie es, Bernadette Kumpatschers Alibi zu überprüfen.

Giovanni Silvestri versprach, in der Kaserne zu bleiben und sich zu erholen.

„Genau das werde ich bestimmt nicht tun!", dachte Silvestri, als er wieder allein war. Nachdem es ihm in der Nacht gelungen war, den Speicher seines Smartphones auszulesen, schickte er sogleich eine SMS an Lisa. Bisher hatte sie sich nicht wieder gemeldet.

„Ob sie jetzt verprellt ist? Porca Miseria, die ganze Geschichte hört sich wirklich nicht sehr glaubhaft an."

Das helle klare Winterlicht zog den Oberleutnant ins Freie. Er marschierte durch die vom Schnee bedeckten Wege zum Costiner-Hof, der am Rande des Dorfes lag, und genoss die Sonnenstrahlen. Dabei begann sogar die Erinnerung an das Attentat zu verblassen. Der alte Hof bestand aus einem aus Stein gemauerten, weiß getünchten Wohngebäude mit kleinen Sprossenfenstern und einer daran angebauten großen Scheune aus Holz, das im Laufe der vielen Jahre dunkel geworden war. Als Silvestri näherkam, zeigten ihm die abblätternde Farbe und die Risse im Putz, dass die letzte Renovierung lange zurücklag.

Nachdem er geklingelt hatte, verging einige Zeit, bis ihm Alfred Costiner seine rotgeäderte Nase durch die Haustür entgegenstreckte und brummte: „Hat man nicht einmal am heiligen Wochenende seine Ruhe."

Silvestri musste sich das Lachen verkneifen. In Filzpantoffeln wirkte der Hausherr tatsächlich so, als wäre er gerade bei seinem morgendlichen Nickerchen gestört worden.

„Signore Costiner, ich möchte Ihnen ein paar Fragen zu Christa Vella stellen."

„Ach darum geht´s!", Costiner wirkte erleichtert, „Ein Jammer, dass sie uns so früh verlassen musste."

Er erzählte, dass Christa Vella tüchtig im Haus geholfen hatte, nachdem er sie, wie er betonte, eingearbeitet hatte. Sie hätte allerdings die Kinder viel zu sehr verwöhnt, kritisierte er.

„Und wie fanden Sie sie als Frau?", fragte der Oberleutnant.

„Ach, sie war eine junge nette Frau, als sie hierherkam. Aber wir sind nicht zusammengekommen."

„Wollten Sie denn?"

„Wo denken Sie hin. Ich war in Trauer um meine verstorbene Frau," antwortete Costiner nach kurzem Zögern.

„Da habe ich aber etwas anderes gehört. Sie sollen ihr so hartnäckig nachgestiegen sein, dass sie sich energisch wehren musste."

„Wer behauptet das denn? Ich habe sie jedenfalls nicht angefasst. Wer etwas anderes sagt, der lügt. Und bevor Sie auf falsche Gedanken kommen. Ich

hatte auch später niemals einen Grund, ihr etwas an-
zutun."

„Haben Sie denn eine Idee, wer ihr nach dem Leben trachtete?", wechselt Silvestri das Thema.

„Ganz ehrlich, ich kenne keinen, der ernsthaft etwas gegen sie gehabt hätte. Aber jetzt, wo Sie mich
fragen, fällt mir ein, dass ich neulich abends jemanden in der Nähe vom Sonnenhof sah, der dort die
ganze Zeit mitten im Schneegestöber stand. Irgendwie wirkte das unheimlich."

Zu der Beobachtung hatte Silvestri jede Menge Fragen. Costiner berichtete, dass er am späten Montagnachmittag im Schneegestöber an der Anhöhe vorbei
nach Hause gegangen sei. Es sei schon dämmerig gewesen. Er habe die Person nur von Weitem gesehen
und beschrieb sie als mittelgroß und mit einer dunklen Jacke mit Kapuze bekleidet.

Silvestri machte sich auf den Rückweg zur Kaserne, wobei er eine kurze Pause in der Roma Bar für
einen Espresso einlegte. Für den weiteren Tag plante
er einige Nachforschungen im Internet und auch im
Darknet.

Währenddessen war Daniela Thaler schon längst
unterwegs. Der Apotheker zeigte sich belustigt, als er
erfuhr, dass es eine technische Panne gegeben hatte
und die Kommissarin erneut seinen PKW fotografieren wollte.

Sie fuhr dann mit ihrem Dienstwagen zum Hotel Falken nach Brixen. Auf der langen Strecke hatte Sie reichlich Zeit, ihre Gedanken kreisen zu lassen. Der Mord an Christa Vella ging ihr nahe. Sie erinnerte sich lebhaft daran, wie sie als Jugendliche zusammen mit Sandra auf der Eckbank in der Küche des Costiner-Hofs saß und sie von Christa mit selbstgebackenen Zimtschnecken und heißer Schokolade versorgt wurden. In dieser Atmosphäre konnte sie sich alles, was sie beschäftigte, von der Seele reden. Christa hörte aufmerksam zu und hatte für alles Verständnis. Seit damals betrachtete sie sie als ihre lebenskluge, ältere Freundin. Schon deshalb war sie Staatsanwalt Gruber dankbar, dass er sie für den Fall angefordert hatte und sie so die Chance bekam, dieses Verbrechen aufzuklären.

Martin Gasser gab sich recht ungnädig, als sie verlangte, erneut den Vertrag mit Christa Vella ablichten zu können. „Ihre technischen Probleme gehen mich nichts an, dem Oberleutnant habe ich bereits gestern den Vertrag vorgelegt. Mein Haus ist voller Gäste. Ich habe Besseres zu tun, als den Vertrag, der Sie absolut nichts angeht, erneut herauszusuchen. Das stiehlt mir nur die Zeit. Sie können sich gerne an Staatsanwalt Gruber wenden. Meinen Wagen können Sie so oft, wie Sie wollen, fotografieren. Und jetzt wünsche ich Ihnen ein schönes Wochenende!"

Die Kommissarin hätte dem hochnäsigen Kerl am liebsten die Stirn geboten, wusste aber zu gut, dass vom Staatsanwalt keine Hilfe zu erwarten war und verabschiedete sich zähneknirschend.

Für die Strecke von Brixen nach Bruneck benötigte sie eine dreiviertel Stunde. Dort bestätigten die Chefin des Trachtenmodengeschäfts und die Nachbarin aus dem ersten Stock das Alibi von Bernadette Kumpatscher. Beide waren sich sicher, sie am letzten Montagabend zu den angegebenen Zeiten gesehen zu haben. Sie und weitere Nachbarn versicherten, dass sie Frau Kumpatscher noch nie am Steuer eines Wagens gesehen hätten.

Inzwischen verspürte Thaler Hunger. Sie suchte die Fleischerei Nagler in der Unteren Gasse in Bruneck auf. Hier gab es den besten Speck der Gegend. Sie ließ sich ein Brötchen mit Pancetta machen, das sie noch vor dem Geschäft verschlang. Am späten Nachmittag war sie zurück in Colvilla.

Sie fuhr direkt zu Franco Senoner. Als sie vor dem Haus anhielt, schlug ihr Herz höher, und sie erinnerte sich wehmütig daran, wie oft sie hier ein- und ausgegangen war.

Vor dem Haus sah sie den Wagen ihres ehemaligen Geliebten. Franco selbst erschien an der Haustür. Mit seinen hängenden Schultern wirkte er sehr angeschlagen. „Bun de´, Daniela, schön dich zu sehen. Ich habe gerade einen Darjeeling fertig, darf ich dich dazu einladen?"

Thaler folgte gerne seiner Einladung und kondolierte ihm: „Das mit Christas Tod tut mir so leid."

„Sie fehlt mir. Von morgens bis abends rede ich mit ihr, und wenn ich nicht schlafen kann, auch in der Nacht. Und dann fällt mir ein, dass sie nicht mehr da ist."

Voller Mitgefühl umarmte Thaler Franco. Im Hausflur begegnete ihnen Irina Goller. Die Kommissarin und die Sprechstundenhilfe grüßten einander knapp.

„Am heiligen Samstag arbeitet deine Sprechstundenhilfe für dich? Kein Wunder, dass sie so mürrisch wirkt."

„Ach das sagt nichts, Irina ist ab und zu mal mit sich und der Welt unzufrieden. Dass sie heute arbeitet, war ihr eigener Wunsch. Sie ist schließlich nicht nur meine Sprechstundenhilfe, sie besorgt mir auch den Haushalt. Sie wollte heute die Wäsche erledigen, am Montag hat sie etwas anderes vor."

Als Daniela Thaler erstaunt wirkte, fuhr er fort: „Schau nicht so, sie ist meine Haushälterin und nichts weiter."

Im Wohnzimmer gab es Tee mit Kokoskeksen. Im Hintergrund lief Schuberts Sinfonie in h-Moll, ‚Die Unvollendete'. Sie hörten konzentriert dem ersten Satz zu. Später begann Franco zu erzählen, dass

Christa im letzten Frühjahr mit ihrem Foxterrier Tux mehrmals in seiner Sprechstunde war, obwohl das Tier an keiner ernsthaften Erkrankung litt. Darüber wunderte er sich zunächst, kapierte aber mit der Zeit, dass Christa nicht nur wegen ihres Hundes zu ihm kam. Ihre unaufdringliche Herzlichkeit und ihr Humor zogen ihn an. Er schilderte auch, wie Christa wegen der vielen Auseinandersetzungen um ihr Erbe immer wieder niedergeschlagen war. Sie konnte nicht verstehen, wie boshaft ihr mitgespielt wurde.

„Ich verstehe immer noch nicht, dass meine gutherzige Christa Opfer so eines Verbrechens werden konnte. Wisst ihr inzwischen mehr?", fragte der Tierarzt.

„Wir haben tatsächlich erste Hinweise. Genaueres darf ich leider nicht mitteilen."

Nach einer Stunde brach Thaler auf. An der Haustür nahm sie Franco zum Abschied fest in ihre Arme. Zu Irina Goller, die gerade vom Einkaufen zurückkam, sagte sie: „Bun dé, Irina. Gut, dass du auch da bist. Für unsere Ermittlungen muss ich noch einmal die Autos fotografieren. Deinen Wagen sehe ich gar nicht".

Diese zögerte kurz und antwortete: „Komisch, gestern hat den der Oberleutnant schon mal aufgenommen. Der steht jetzt in der Garage von meinem Stiefvater. Er braucht neue Reifen."

In Anwesenheit des Tierarztes fotografierte Thaler erneut seinen Geländewagen.

Während die Kommissarin zur Kaserne fuhr, tauchte in ihrer Fantasie eine Szene auf, wie sie Franco am liebsten noch ganz anders getröstet hätte. So kurz nach Christas Tod? Das verbietet sich, meldete sich ihr Gewissen, und sie seufzte. Warum muss ich nur so vernünftig sein, oh Gott?

In der Kaserne traf sie Silvestri mit rotgeränderten Augen am Computer an. Sie schimpfte mit ihm, dass er so wenig Rücksicht auf seine Gesundheit nahm.

„Ich kann hier nicht untätig herumsitzen, während sich der Täter ins Fäustchen lacht. Ich wünschte, ich hätte mehr herausgefunden. Inzwischen habe ich erfahren, dass Signora Vella zum Zeitpunkt ihres Todes kerngesund war. Die Patholgie hat sich heute gemeldet. Im Blut kein Gift, keine Drogen, alle Werte optimal. Tatsache, an einem Samstag arbeiten die auch.

Übrigens, die Staatsanwaltschaft hat die sterblichen Überreste bereits gestern freigegeben."

„Dann findet sicher nächste Woche die Beerdigung statt", meinte Thaler. Darauf ging der Oberleutnant nicht weiter ein, sondern berichtete von Alfred Costiners Befragung.

„Solange wir nicht mehr wissen, hilft uns die dunkel gekleidete Gestalt in der Nähe des Tatorts nicht viel weiter", merkte die Kommissarin an.

„Leider wahr, da müssen wir weiter dranbleiben. Ich werde Agente Moroder bitten, sich umzuhören."

„Übrigens, welchen Eindruck hatten Sie von dem alten Costiner?", fragte Daniela Thaler.

„Ist das eine Fangfrage? Auf mich wirkte er ziemlich bieder. Immerhin schien er kooperativ zu sein."

„Nicht wahr, so bieder, wie der erscheint, kann man sich kaum vorstellen, dass er jahrelang ein Verhältnis mit einer mexikanischen Schauspielerin, einer totschicken Frau, hatte. Die arbeitete hier jahrelang während der Saison in der Gastronomie. Er ist sogar mehrmals zu ihr nach Mexiko geflogen und soll sie mit Geschenken überhäuft haben. Als dann die Liaison beendet war, hatte Costiner reichlich Schulden auf seinem Hof angehäuft."

„Dem Hof sieht man das an, der ist ganz schön heruntergekommen. Der Alfred Costiner, ein ladinischer Lover in Mexiko. Was es nicht alles gibt", amüsierte sich Silvestri. „Aber ernsthaft, kommt er als Täter in Frage?"

„Das kann ich mir nicht vorstellen. Welches Motiv sollte er haben? Dass Christa ihn vor über zwanzig Jahren abblitzen ließ, wird er ja mittlerweile verwunden haben."

„Ein Alibi hat er jedenfalls nicht, aber das Motiv sehe ich auch nicht", konstatierte der Oberleutnant.

Sodann berichtete er über seine Recherchen im Internet: „Über Moreda fand ich so einiges heraus, offensichtlich hat er einen guten Draht zur Presse. Wenn es um seine Interessen geht und dazu noch Geld im Spiel ist, gelingt es ihm immer wieder, die Öffentlichkeit zu mobilisieren. Angeblich gehe es ihm nie ums Geld, sondern nur um die Heimat oder den Schutz der Natur, behauptet er!

Über Kumpatscher findet man nichts im Netz, über den Apotheker so gut wie nichts, außer dass er im letzten Sommer für eine Gruppe schwedischer Pharmazeutinnen eine Heilkräuterführung durch die Berge geleitet hat.

Über Gasser dagegen fand ich jede Menge an Berichten und Fotos zu seinen Aktivitäten als Gemeinderat und als freiwilliger Bergretter. Beides nutzt er für seine Publicity. Eine Information auf der Homepage des Gasthofs Falken war immerhin bemerkenswert: Das Hotel Falken gehört seiner Gattin!"

„Ich weiß nicht, ob ihn das verdächtiger macht, aber Gasser hat sich heute geweigert, den Vertrag erneut vorzulegen. Dafür hat er mich feixend an den Staatsanwalt verwiesen."

„Porca Miseria, seien Sie sicher, wir bleiben an Gasser dran."

Die Kommissarin übergab Silvestri die Speicherkarte mit den neuen Fotos.

„So richtig nervös wirkte keiner, als ich die Aufnahmen machte. Ich fürchte, das hat nichts gebracht. Nur den Wagen von der Goller konnte ich nicht fotografieren, der ist angeblich beim Reifenwechsel", erklärte sie.

„Ich glaube, das ist nicht so wichtig. Die fährt doch einen gelben VW Polo und wir suchen den Besitzer eines großen dunklen Wagens."

Außerdem berichtete Thaler von Bernadette Kumpatschers Alibi. „Die war's auf jeden Fall nicht. Viel weiter sind wir heute nicht gekommen. Uns fehlt immer noch der entscheidende Schritt."

„Entweder werden wir einen Weg finden, oder wir machen einen, sagte Hannibal", entgegnete Silvestri.

„Welchem Motivationsbuch für Führungskräfte haben Sie das denn entnommen?", fragte die Kommissarin und lachte.

Die ersten Sterne zeigten sich am wolkenlosen Himmel, als Daniela Thaler die Kaserne verließ. Sie stellte ihren Wagen auf dem Parkplatz vor dem Restaurant Ladiner Stuben ab und kehrte dort mit reichlichem Appetit ein. Sie wählte die frischen Spinatspätzle und gönnte sich ein Glas Chardonnay.

Während sie auf ihr Essen wartete, versuchte Emilio, der agile Kellner, mit ihr zu flirten. Als sie nicht darauf einging, zuckte er mit den Achseln und widmete sich den anderen Gästen.

Danielas Stimmung war gedrückt. Mit der Lösung des Falls kamen sie nicht voran. Aus ihrem Kollegen von den Carabinieri wurde sie nicht schlau. Eigentlich fand sie ihn nicht so übel. Dass er den Chef so herauskehrte, musste sie ihm noch austreiben. Bei ihrem gemeinsamen Abendessen war er ihr am Anfang recht widerborstig vorgekommen. Als sie im Verlauf des Abends auf Persönliches zu sprechen kamen, erschien er ihr viel sympathischer. Dass er gestern Opfer eines Überfalls wurde, machte ihn richtig menschlich.

Nach den lockeren Spätzle mit dem Aroma von Spinat und Käse und dem Wein ging es ihr wieder besser.

Zufrieden und gesättigt stieg sie in ihren Wagen und startete Richtung Grones zum heimatlichen Hof. Vor der ersten Kurve leuchtete am Armaturenbrett plötzlich eine Warnleuchte rot auf. Sofort drückte sie das Bremspedal durch, das bis zum Anschlag nachgab. Die Bremsen griffen nicht. Der Wagen rutschte mit Tempo auf einen Brückenpfeiler der Pistenunterführung zu. Daniela Thaler schaute vor Schreck gelähmt zu, wie der Pfeiler immer näher auf sie zuschoss. Im letzten Moment fiel ihr die Handbremse ein. Rasch zog sie daran und konnte gerade noch die Kollision mit dem Betonpfeiler verhindern. Bevor der Wagen zum Stehen kam, änderte er seine Richtung und schlitterte in einen dunklen, großen Wagen, der am Straßenrand stand. Danielas Oberkörper schnellte nach vorne und wurde vom Sicherheitsgurt abrupt gestoppt.

Am ganzen Leib zitternd stieg sie aus und konnte es kaum fassen, dass auch sie Opfer eines Anschlags geworden war, hier in ihrer Heimat. Schließlich rief sie Oberleutnant Silvestri an, der sich mit seinen Leuten umgehend auf den Weg machte.

Es dauerte eine ganze Weile, bis sich Daniela Thaler gesammelt hatte und zusammenhängend schildern konnte, was passiert war. „Mein Gott, ich hatte ein Riesenglück, dass es mir nicht wie Christa erging. Ich bin unverletzt und die Blechschäden lassen sich reparieren."

Auch Silvestri war geschockt und legte schützend einen Arm um Daniela und versprach: „Den Misthund fassen wir, verlassen Sie sich darauf."

Er beauftragte seine Kollegen, die Spuren zu sichern und Zeugen aufzufinden. Das Unfallauto wurde auf das Kasernengelände abgeschleppt.

Silvestri überredete die noch immer leicht zitternde Kommissarin auf einen Drink in der Bar Roma. „Zur Beruhigung der Nerven!"

Jamal begrüßte beide und warf Silvestri mit hochgezogenen Augenbrauen einen anerkennenden Blick zu.

Sie setzten sich an einen Tisch außer Hörweite und bestellten ihre Getränke, sie einen Spritz Aperol, er einen Malt Whisky.

„Also doch Caracas im beschaulichen Dolomitenidyll, gestern ein Anschlag auf mich, heute einer auf dich, zum Teufel! Entschuldigung, auf Sie, Frau Kollegin", eröffnete Silvestri das Gespräch.

„Aha, ein Fortschritt, Sie haben mich gerade zur Kollegin befördert! Aber im Ernst, wir können uns gerne duzen. Über tausendfünfhundert Metern sagt man hier sowieso ‚du' zueinander. Ich heiße Daniela."

„Giovanni, meine Freunde nennen mich Gianni!"

„Gerne Gianni, aber ich möchte noch etwas mit dir klären. Es geht um unsere Zusammenarbeit. Ich finde es zwar gut, dass du mich in die Planung einbeziehst. Dennoch habe ich das ungute Gefühl, dass du mir Informationen vorenthältst. Ich bitte dich, mich in Zukunft über alles auf dem Laufenden zu halten."

Silvestri fühlte sich ertappt, mochte das aber nicht zugeben.

„Ich informiere dich doch, außerdem hast du freien Zugang zu allen Unterlagen", verteidigte sich Silvestri. „Ich bin nun mal mit der Leitung der Ermittlungen beauftragt worden und habe die Verantwortung."

„Das akzeptiere ich durchaus. Aber für eine gute Zusammenarbeit brauchen wir völlige Transparenz."

„OK. Wir gehen am besten noch einmal gemeinsam alles durch. Dann sind wir sicher, dass wir auf dem gleichen Stand sind. Aber bitte nicht heute Abend", lenkte Silvestri ein.

Dann drängte sich wieder das neueste Attentat in sein Bewusstsein.

„Warum geht jemand ein so großes Risiko ein, erwischt zu werden?", überlegte Silvestri.

„Wer profitiert davon, wenn ich verunglücke? Hat das wirklich etwas mit dem Mord an Christa Vella zu tun? Steckt ein Psychopath hinter allem?", fragte Daniela erschüttert.

Silvestri ließ sie mehrfach haarklein ihren Tagesablauf schildern.

Sosehr sich die Kommissarin bemühte, es führte zu nichts.

Beim zweiten Drink kam ihr Gespräch auf andere Themen. Silvestri hatte inzwischen so viel Vertrauen zu Daniela gefasst, dass er mehr von sich preisgeben konnte. Er erzählte von den Mafiamorden an seinem Vater und dem Onkel. Wie sich mit einem Schlag seine glückliche Kindheit in Schrecken und Unglück verwandelt hatte. Seine ohnmächtige Wut, weil die Mörder noch immer nicht zur Rechenschaft gezogen worden waren.

„Das ist wirklich hart, was du und deine Mutter mitmachen mussten. Man hört, wie sehr es dich immer noch schmerzt, was deiner Familie damals zugestoßen ist."

„Ja sicher bin ich traurig und vor allem zornig, dass die Verbrecher immer noch frei herumlaufen."

„Und wegen dieser furchtbaren Erfahrung bist du zu den Carabinieri gegangen?"

„Im Prinzip schon! Die Mafiosi wollte ich dranbekommen. Viel lieber hätte ich das als Staatsanwalt oder Richter getan. Meine Mutter war jedoch mittellos. Es ist ihr schwer genug gefallen, mich durch die Schulzeit zu bekommen. An Studieren war nicht zu denken, deshalb bewarb ich mich bei den Carabinieri."

„Und jetzt bist du hier im äußersten Norden der Republik gelandet, weit weg von allem, was dich bewegt. So langsam kapiere ich, warum es dir hier in den Bergen nicht gefällt. Selbst wenn sich hier das Meer befände und es warm wäre, würdest du dich nach Apulien sehnen."

Auch wenn Silvestri Danielas Verständnis für seine Situation genoss, gefiel ihm die Richtung nicht, die das Gespräch nahm. Schließlich hatte er es nicht auf ihr Mitleid angelegt, sondern er wollte ihr sein Mitgefühl zeigen und sie von dem Attentat ablenken. Und er fühlte sich zu ihr hingezogen. Tatsächlich wirkte sie nun viel entspannter und konnte wieder offen lächeln.

Mit der Zeit wurden es mehrere Aperol Spritz und Malt Whiskys.

„Um die Nerven zu beruhigen", wiederholte Silvestri bei jeder Bestellung.

Daniela gestikulierte bei ihrer Unterhaltung lebhaft und berührte ihn wie zufällig schon das zweite Mal am Arm. Und so fasste er sich ein Herz, legte seine Hand auf ihren Oberarm und schaute sie an. Sie erwiderte seinen Blick. Ein kurzes Zögern, und sie ließ sich küssen.

Später begleitete er sie zum Hof in Grones. Vor dem Hof küssten sie sich erneut leidenschaftlich. Sie redeten, lachten und küssten sich. Zu gerne hätte Silvestri sie hineinbegleitet. Als er dabei war, seine Hand vorsichtig unter ihre Jacke zu schieben, hielt sie ihn am Unterarm fest, schaute ihn sehr ernst an und sagte: „Gianni, ich muss den Tag erst einmal verdauen. Morgen ist auch noch ein Tag!"

Er fühlte sich ernüchtert, verstand aber Danielas komplizierte Situation. Sie stand noch unter dem Eindruck des Attentats, dem sie gerade entkommen war. Und sich mit einem Kollegen einzulassen, konnte einen Rattenschwanz an Problemen nach sich ziehen, obwohl sie in verschiedenen Organisationen arbeiteten. Er wog den Kopf hin und her, nickte schließlich und gab ihr einen langen Kuss zum Abschied.

Sonntag

Daniela Thaler stand früh auf, für einen Sonntag sehr früh. Sie erinnerte sich an den vergangenen Abend. Es war richtig gewesen, standhaft zu bleiben. Wer weiß, was das für Probleme mit sich gebracht hätte. Oh Gott, dass ich immer so vernünftig sein muss, überlegte sie. Tatsächlich hatte sie gestern geschwankt, ob sie Silvestri hereinbitten sollte. Als aber unverhofft vor ihrem inneren Auge Francos Bild auftauchte, gab dies den Ausschlag. Sie befürchtete, dass sie die Geschichte mit Franco noch nicht verdaut hatte.

In der Küche begegnete sie ihrem Vater. Der polterte sogleich los: „Was sollen die Leute denken! Meine Tochter knutscht wie ein Teenager vor unserem Haus herum! Und das mit einem Carabiniere und auch noch einem Süditaliener! Das sind doch alles Faulenzer!"

„Kapier endlich, ich bin erwachsen! Das Thema hatten wir doch schon mehrmals. Mit wem ich knutsche, geht dich nichts an!", gab Daniela umgehend zurück.

„Aber nicht, wenn du auf meinem Hof wohnst!"

„Wie du willst, hier bleibe ich keinen Tag länger! Ich habe meine eigene Wohnung in Bruneck. Weiß Gott, die Zeiten, als die Töchter verheiratet wurden, sind schon lange vorbei, sogar hier im Gadertal. Hast du selbst nicht immer gepredigt, ich muss mich für meinen eigenen Weg entscheiden? Das gilt auch für die Wahl meiner Freunde."

„Ja, aber doch keinen Süditaliener!"

„Und wie war das mit Mutter und dir?"

„Das hat doch damit nichts zu tun, und immerhin kam sie aus dem Dorf."

Enttäuscht und verärgert drehte sich Daniela um und ging festen Schrittes in ihr Zimmer. Sie ließ die Tür laut ins Schloss fallen und begann sogleich, ihre Sachen zu packen. Heute noch wollte sie bei ihrer Freundin Erika für die nächsten Tage in Colvilla unterkommen.

Wenn es nicht um die Wahl ihrer Freunde ging, verstand sich Daniela mit ihrem Vater gut. Die schwierige Zeit damals, nach dem frühen Tod ihrer Mutter, hatte letztlich zu größerer Nähe zwischen Vater und Tochter geführt. In der ersten Zeit allerdings war er durch den Tod seiner Ehefrau wie paralysiert gewesen, vernachlässigte in seinem Leid Haus und Hof und konnte seinen trauernden Kindern, Daniela und ihrem fünf Jahre jüngeren Bruder, kaum beistehen.

So kam es, dass sich die Tochter in der Pflicht für die kleine Familie fühlte. Sie sorgte dafür, dass der Haushalt lief, kümmerte sich um ihren Bruder und sprang ein, wenn es auf dem Hof klemmte. Darüber hinaus musste sie die Anforderungen des Gymnasiums bewältigen, auf das sie damals gewechselt war. Unter der Last der vielen Aufgaben und ihrer Trauer wurde sie immer blasser und dünner, bis dies ihrem Vater auffiel.

Als hätte er einen Schalter umgelegt, übernahm er die Verantwortung für Haus, Hof und seine Kinder. Die anfallenden Aufgaben verteilte er in der kleinen Familie mit Augenmaß, so dass sie von allen geleistet werden konnten.

Seit dieser Zeit entwickelte sich ein fast partnerschaftliches Verhältnis zwischen Vater und Tochter. Er war stolz auf seine tüchtige Tochter, die überall mit anpackte, auf dem Gymnasium glänzte und erfolgreich Skirennen fuhr. Und sie konnte sich wieder fest auf ihren Vater verlassen.

Wenn sie jedoch als junge Erwachsene einen Freund hatte, was sich in einem Dorf kaum verheimlichen ließ, führte dies regelmäßig zu Konflikten. Etwas zum Nörgeln fand der Vater im Handumdrehen.

„Was willst du mit so einem Hungerleider?", „Der ist doch viel zu alt, willst du den in zehn Jahren pflegen?" oder „Das ist doch kein Ladiner!", musste sich Daniela anhören. Keiner war gut genug.

Solch schroffe Ablehnung fand sie umso unverständlicher, da ihr Vater vor Jahren seine Marie gegen den Willen seiner Eltern geheiratet hatte, was zu erheblichen Konflikten führte. Danielas Mutter stammte aus einer Familie aus Grones, mit denen die Thalers seit Generationen verfeindet waren. Die Ursache des Zerwürfnisses war längst vergessen. Man munkelte, es hätte Streitigkeiten um ein Stück Wiese gegeben, weil heimlich ein Grenzstein versetzt worden war. An Genaues konnte sich niemand erinnern.

Zu ihrem Kummer konnte Daniela ihren Vater auch dann nicht umstimmen, wenn sie ihn auf seine eigene Geschichte hinwies. Da war es immer „etwas völlig anderes".

Die Kommissarin nahm den Wanderweg entlang des stets plätschernden Gebirgsbaches. Heute leuchtete wieder die Sonne über die schneebedeckte Berglandschaft, wenige Schäfchenwolken zeigten sich am blauen Himmel. Auf dem Weg zur Kaserne holte sie immer deutlicher der Schrecken über das Attentat ein. Je mehr sie sich Colvilla näherte, desto stärker empfand sie ihre Angst. Sie schaute sich mehrmals um, ob ihr jemand folgte.

In der Kaserne traf sie Giovanni Silvestri an seinem Schreibtisch im Gespräch mit Carabiniere Incoronato an. Silvestri begrüßte sie in distanziertem, aber freundlichem Ton: „Salve Signora Commissario, welche Freude, dich auch am Sonntag zu sehen. Wie geht es dir?"

Sie verstand, dass Silvestri vor seinem Kollegen nicht zu viel Vertrautheit zeigen mochte.

„Salve Oberleutnant! Salve Signore Incoronato! Mir geht es ganz gut. Der Nacken ist verspannt, das ist alles. Konntet ihr schon meinen Wagen untersuchen? Gibt´s verwertbare Spuren?", fragte sie.

„Immerhin wissen wir mehr. Wie bei Signora Vella sind die Bremsschläuche angesägt worden. Dort, wo dein Auto vor dem Restaurant parkte, fanden meine Leute Bremsflüssigkeit im Schnee. Dort muss es passiert sein. Sonst ist es mit den Spuren schwierig. Im Schnee gibt´s die unterschiedlichsten Abdrücke in allen denkbaren Schuhgrößen. Ich sehe keine Chance, diese jemandem zuzuordnen", antwortete Silvestri.

„Wieder die Bremsschläuche. Jetzt haben wir beide den Täter aufgescheucht. Und jeder von uns muss ihm begegnet sein. Damit sind wir immerhin ein Stück weiter. Aber warum die Anschläge auf uns? Das ist doch irrwitzig. Haben eigentlich die neuen Fotos etwas gebracht?"

„Nein, nicht direkt. Ich habe mir x-mal die Bilder und unsere Unterlagen angesehen", erwiderte Silvestri.

„Schläfst du eigentlich auch mal?"

„Ausschlafen kann ich, wenn ich tot bin! Zurück zu deiner Frage, mir fällt kein grundsätzlicher Unterschied zwischen den alten und den neuen Fotos auf. Nur, dass die Bilder aus einer etwas anderen Perspektive aufgenommen wurden."

Silvestri machte nun eine bedeutungsschwere Pause und fuhr fort: „Etwas Wichtiges habe ich doch gefunden! Den Vertrag und das Testament habe ich noch einmal genau unter die Lupe genommen, und da ist es mir aufgefallen. Vergleiche bitte die letzten Seiten der beiden Schreiben. Was fällt dir dabei auf?"

Daniela Thaler hasste es, Rätsel lösen zu müssen, besonders, wenn alle anderen die Lösung schon längst kannten. Da Silvestri nichts verriet und ihre Neugier siegte, nahm sie die Ablichtungen der Schriftstücke an ihren Schreibtisch. Nach einigen Minuten meldete sie sich leicht entnervt:

„Ich weiß immer noch nicht, was mir auffallen soll. Der Vertrag passt zu dem Testament, die Unterschriften sind die gleichen."

„Du sagst es, die Unterschriften sind die gleichen! Sie sind sogar ganz genau dieselben! Kein Mensch kann völlig identische Unterschriften anfertigen. Entweder ist der Vertrag oder das Testament faul oder beides. Wir müssen das genauer prüfen lassen. Mal schauen, ob wir jetzt nicht unsere sauberen Geschäftsfreunde drankriegen."

„Tatsächlich, du hast recht, das Ganze sieht höchst verdächtig aus!", bestätigte die Kommissarin. „Dumm nur, dass Bacher und Gasser Alibis haben!"

„Wenn wir nur die Durchsuchungsbeschlüsse bekommen könnten! Nach dem Auftritt von Staatsanwalt Gruber am Freitag können wir das erstmal vergessen. Wir brauchen einfach mehr belastendes Material!"

Sie berieten die aktuelle Situation.

„Irgendjemand muss etwas gesehen haben. Man kriecht schließlich nicht unter Autos herum oder läuft mit einem Knüppel durch den Ort, ohne dass es jemandem auffällt. Wir müssen mehr Leute einsetzen, um Zeugen zu finden", schlug Daniela Thaler vor.

„Gute Idee! Das wäre mal wieder eine Aufgabe für Agente Moroder.

Leider hat der Aufruf, den der Staatsanwalt an die Öffentlichkeit richtete, nichts gebracht. Was ich befürchtet habe, ist prompt eingetroffen. Alle Spinner der Gegend haben sich bei uns am Telefon gemeldet. Einer bestand darauf, dass es Flüchtlinge aus Tschetschenien waren, weil die eben sowas machen. Eine Hobbyastrologin hat in der Konstellation der Sterne erkannt, dass die zerstörerischen Kräfte des Uranus hinter allem steckten, und zur Krönung erzählte uns eine Frau aus dem Ort, dass sie am Montagabend den Faneskönig Falzarego vom Lagazuoi in Richtung Colvilla schreiten sah."

„Oh, da müssen wir am Lagazuoi überprüfen, ob der Fels noch steht. Du kennst doch die Sage von dem falschen König, dem Falza Rego. Dieser König aus dem Reich der Fanes glaubte, er würde reich und mächtig werden, wenn er die Gold- und Silberschätze von Aurona, die von den Zwergen bewacht wurden, erobern würde. Er versuchte es mit List, Tücke und Verrat. Er hinterging sein Volk und opferte sogar die eigene Tochter. Aber letztlich ging alles schief, und er wurde zur Strafe in Stein verwandelt.

Am Falzaregopass ist dieser Fels heute noch zu sehen. Natürlich ist nicht überliefert, ob der König, der vor Urzeiten lebte, sich mit Kraftfahrzeugen auskennt. Ich habe da leichte Zweifel."

„Interessant! Immerhin weiß ich jetzt, warum der Pass so heißt. Einen Ausflug dorthin sollten wir unbedingt unternehmen, aber sicher nicht aus dienstlichen Gründen.

Ganz im Ernst, genug für heute! Du musst dich dringend erholen. Ich sehe ja, wie blass du bist. Ich werde noch ein bisschen recherchieren und dann auch Schluss machen. Vorher bekommt jemand von mir per Mail einen klitzekleinen Trojaner geschickt, und dann bin ich bei ihm drin", sagte der Oberleutnant.

„Doch nicht bei dem Immobilienfritzen!", entsetzte sich die Kommissarin.

„Genau, weil es illegal ist, willst du das gar nicht wissen!"

„Alles, was du da findest, können wir doch gar nicht vor Gericht verwenden."

„Ja, ja sicher. Aber vielleicht stoße ich auf die richtige Spur und wir wissen dann, in welche Richtung wir verstärkt suchen müssen.

Was hältst du davon, heute Abend auszugehen. Wie wär's mit den Ladiner Stuben oder der Rico Bar?"

„Eigentlich hört sich das gut an, aber ich brauche erst einmal wieder einen klaren Kopf."

Silvestri seufzte, als Daniela die Kaserne verließ. Prompt meldeten sich wieder seine zwei Seelen. Inzwischen bedauerte er, dass er Daniela gestern Nacht nicht verführt hatte. Er glaubte, wenn er leidenschaftlicher gedrängt hätte, wäre sie schwach geworden. Andererseits war er froh, dass er ihre Hilfsbedürftigkeit nicht für einen One-Night-Stand ausgenutzt hatte. Es ging ihm um mehr.

So, so, verliebt?, fragte er sich. Nein, ich weiß nicht! Vielleicht! Was wäre so schlimm daran?

Um alles noch komplizierter zu machen, fiel ihm prompt Lisa ein. Die ganze Zeit konnte er sie nicht erreichen, und gestern war sie abgereist. Wieder eine Begegnung, die im Sand verläuft. Bitter!, gestand er sich ein.

Der Oberleutnant riss sich von diesen Gedanken los und setzte sich an seinen Computer. Er schickte die mit dem Trojaner infizierte Mail an Max Gasser ab. Als Absender täuschte er einen bekannten Gourmethändler vor. Betreff: Austern Fines de Claires aus der Bretagne diese Woche extra günstig! Wer auch immer diese Mail öffnete, lud sich das Programm des Trojaners auf seinen Computer. Dadurch konnten alle

Dateien ausgespäht werden. Silvestri hatte sich die Malware für wenig Geld im Darknet besorgt und für seine Bedürfnisse angepasst.

In der Zwischenzeit suchte er im Internet weiter. Auf den Seiten der Südtiroler Zeitung fiel ihm ein Foto auf, das Max Gasser als Hubschrauberpilot der Bergrettung in Brixen zeigte. Bei diesem Fund stieß er einen lauten Pfiff aus. Jetzt hatte er eine neue Idee, was das Alibi des umtriebigen Immobilienkaufmanns anging. Sein Jagdfieber war geweckt.

Umgehend beauftragte er die Carabinieri in Brixen, bei der dortigen Bergrettung zu ermitteln.

In Hochstimmung besuchte er nachmittags die Bar Roma und las den Corriere della Sera vom Vortag. Jamal setzte sich zu ihm und wirkte noch grimmiger als letzten Donnerstag.

„Stell dir vor, gestern war der Bürgermeister auf einen Espresso hier und lobte mich. Er würde nur Gutes über meine Bar hören. Sie wäre ein wichtiger Pfeiler der Gastronomie in Colvilla."

„Ja und? Und warum machst du so ein Gesicht, als hätte er ein Alkoholverbot ausgesprochen?"

„Du hast vielleicht Ideen! Natürlich habe ich mich zuerst gefreut. Der Bürgermeister besucht meine Bar! Aber dann erzählte er mir, sein Schwager habe eine schicke, neue Bar in bester Lage zu verpachten und ich sei genau der Richtige dafür – mitten in Bruneck!

Dieser Kerl will mich wegloben! Als Servicekraft wäre ich hier sicher so willkommen wie all die jungen Frauen aus Südamerika und Osteuropa, die hier überall in der Gastronomie arbeiten. Als Geschäftsmann will er mich, den Migranten, hier nicht haben."

Später betrat Oberwachtmeister Moroder die Bar. Silvestri bat ihn zu sich und lud ihn auf ein Glas Lagrein ein.

„Konnten Sie schon etwas in Erfahrung bringen?", interessierte sich der Oberleutnant.

„Ja, stellen Sie sich vor, vorhin erzählte mir eine Nachbarin von Christa Vella, sie hätte am Montagabend etwa um viertel vor sechs Uhr eine dunkel gekleidete Person gesehen, die sich an Christa Vellas Wagen zu schaffen machte", berichtete ein sichtlich zufriedener Oberwachtmeister.

„Das ist wirklich interessant! Konnte die Zeugin denn diese Person beschreiben?", äußerte sich Silvestri begeistert.

„Leider ist die Dame ziemlich betagt und die Lichtverhältnisse waren nicht die besten. Immerhin erkannte sie, dass die Person nicht besonders groß war - ob männlich oder weiblich, konnte sie nicht sagen. Woher sie kam und wohin sie ging, hatte sie nicht bemerkt. Mehr konnte ich nicht erfahren."

„Das ist doch eine ganze Menge, vielen Dank! Vielleicht finden Sie doch noch weitere Zeugen. Und dann haben wir noch ein Problem. Der Unfall von Commissario Thaler gestern Abend war in Wirklichkeit ein Attentat. Wieder die Bremse. Gottseidank fiel ihr rechtzeitig die Handbremse ein, sonst wäre es übel ausgegangen."

„Nicht vorstellbar, unsere Daniela. Ja, wo leben wir denn?! Ich werde mich umhören. Wer immer das getan hat, den kriegen wir." Oberwachtmeister Moroder war sichtlich erschüttert. „Wissen Sie, ich habe Daniela immer noch als kleines Mädchen mit zerzausten Haaren und aufgeschlagenen Knien vor Augen."

„Ach ja, erzählen Sie, wie war sie denn so, als sie jung war?", interessierte sich Silvestri.

„Wenn sie nicht ihren Eltern auf dem Bauernhof helfen musste, war sie die Zirkusdirektorin der Nachbarskinder. Sie leitete die ganze Rasselbande an. Es wurde jongliert, Einrad gefahren oder auf dem Zaun balanciert. Hunde wurden dressiert."

„Interessant, ich habe noch nie gehört, dass ein Zirkusdirektor Polizist wurde."

„Wissen Sie, ich dachte immer, sie würde Juristin, Anwältin oder Richterin bei ihrem ausgeprägten Sinn für Gerechtigkeit. Wenn irgendein Rabauke versuchte, einen Schwächeren zu schikanieren, unterband Daniela dies energisch, notfalls mit einer Backpfeife. Angst hatte die vor niemandem. In der Schule war sie eine der Besten, alles fiel ihr zu. Und als sie dann das Gymnasium in Bruneck besuchte, war Vater

Thaler mächtig stolz darauf, was für eine intelligente Tochter er doch hatte. Dass er später ein Studium finanzieren musste, gefiel ihm dann weniger. Allzu viel wirft so ein Bauernhof mit ein paar Fremdenzimmern nicht ab. Aber wieso fragen Sie eigentlich? Wenn Sie sich für Daniela interessieren, reden Sie doch mit ihr selbst."

Währenddessen zog Daniela Thaler zu ihrer Freundin Erika um. Weder der Vater noch der Bruder oder die Schwägerin zeigten sich, als sie ihre Habseligkeiten packte. Erika half dabei und chauffierte sie mit ihrem kleinen Wagen.

„Jetzt erzähl doch mal, was genau geschehen ist. Du ziehst doch nicht einfach ohne triftigen Grund aus," fragte die Freundin, nachdem sie losgefahren waren.

Daniela Thaler schilderte den Krach mit ihrem Vater.

„Du weißt doch, wie konservativ die Leute hier sind. Abgesehen davon sind die Väter immer eifersüchtig auf die Freunde ihrer Töchter. Natürlich hattest du recht, dir das nicht gefallen zu lassen. Aber was mich mehr interessiert, was ist mit deinem Carabinieri Romeo?"

„Giovanni Silvestri heißt er, stammt aus Apulien, ist attraktiv, hat wache dunkle Augen, ein klassisches Profil und ist meistens ein guter Gesprächspartner.

Allerdings muss er unbedingt den Chef raushängen lassen. ‚Ich leite die Ermittlungen!' Und, nur so ein Gefühl, er unterschlägt mir wichtige Informationen! Das habe ich gestern angesprochen. Immerhin hat er Besserung gelobt. Mal schauen, was daraus wird! Gestern war ich bei Franco, danach war ich völlig durch den Wind."

„Ich dachte, das Kapitel wäre längst Schnee von gestern. Erinnere dich, wie der dich einfach hat sitzen lassen. Lass dich um Himmels willen nicht wieder auf den ein!"

Bei dem sonnigen Wetter zog es die Freundinnen auf die Piste. Sie schnallten ihre Skier an und fuhren zur Ütia La Stria. Thaler erledigte zunächst Dienstliches und suchte dazu Bruno auf. Als sie ihn alleine sprechen konnte, legte sie ihm die Fotos mit den Autos vor. Der Wirt zeigte auf das von Gasser.

„Ganz sicher, so einen Wagen hat der Einbrecher, den ich aus Christas Haus kommen sah, gefahren."

Die Kommissarin informierte sogleich Silvestri über die Aussage des Hüttenwirtes.

Auf der Terrasse genossen die Freundinnen ihren Aperol Spritz in der Nachmittagssonne. Dabei beobachteten sie die vorbeifahrenden Wintersportler, über die sie sich amüsierten.

„Schau mal, der Typ in dem Overall mit dem geometrischen Muster, lila, grün und orange – die Neunzigerjahre lassen grüßen", lästerte Erika.

„Ich kann den Mottengeruch bis hierher riechen", stieg Daniela ein.

„Quatsch, du übertreibst, an das Plastikzeug gehen nicht mal die Motten. Das zersetzt sich höchstens von alleine."

„Sieh mal, die Rothaarige in ihrem metallic-blauen Designeroutfit."

„Ja, der teure Sportanzug soll wohl Eindruck schinden. Aber das reicht nicht, wenn man keinen einzigen sauberen Schwung hinkriegt. Die hat sich wohl die Skischule gespart."

„Hättest du eigentlich Spaß am Snowboarden? Schau dir's an, die sitzen doch die Hälfte der Zeit im Schnee und versuchen, sich und ihr Brett zu sortieren."

Daniela wollte weiter Ski fahren. Sie einigten sich auf die Gran Risa, die steile FIS-Piste, wo sich in jedem Dezember die Weltelite im Riesenslalom misst. Mehrmals schwangen die Freundinnen in großen Bögen den Steilhang hinunter und ließen sich den Wind um die Nase pfeifen.

„Jetzt sieht die Welt schon wieder anders aus. Lass uns heute Abend ausgehen, dann wird der Tag perfekt. Im Après-Ski-Stadel in Canazei ist immer was los. Vorher kehren wir in der Osteria Tio Lorenzo ein. Dort gibt es ein wunderbares Ossobuco. Ich fahre auch und halte mich mit dem Trinken zurück", schlug Erika nach dem Skifahren vor.

Obwohl das verlockend klang, gefiel Daniela die Aussicht auf die kurvige Strecke über zwei Pässe ins Fassatal wenig. Das Attentat saß ihr noch in den Knochen. Immer wieder tauchte das Bild auf, wie sie in ihrem Dienstwagen auf den Brückenpfeiler zuraste. Nach einigem Hin und Her willigte sie in den Vorschlag der Freundin ein. Sie fand es doch besser, sich ablenken zu lassen, als auf der Couch trüben Gedanken nachzuhängen.

Am frühen Abend erreichten sie Canazei im Fassatal. Wider Erwarten konnte Daniela die Autofahrt bei Sternenlicht genießen.

Der Après-Ski-Stadel war aus dunklem Holz im Stil einer Scheune erbaut worden. Um hinein zu gelangen, mussten die Freundinnen einen martialisch wirkenden, breitschultrigen Mann der Security in schwarzer Uniform passieren, der ihnen überraschend zuvorkommend die schwere Scheunentür aufhielt. Hier empfing die beiden laute Discomusik, unterlegt von dem Stimmengewirr der Gäste und Kellner. Der ganze Raum war in bunte, sich abwechselnde Lichtmuster getaucht. Der DJ legte eine gewagte Mischung von den Stones, ‚Let's spend the night together', über Pupo, ‚Su di Noi', bis zum Rapper J-Ax, ‚Rap N' Roll' auf. Für alle war etwas dabei, und es funktionierte offensichtlich. Auf der oberen Etage, dem Heuboden, trafen sich die ganz Jungen und tanzten bei ohrenbetäubender Lautstärke. Auch die untere Tanzfläche war gut gefüllt. Hier bewegten sich die reiferen Tanzfreudigen zu Beats und Grooves, manche mit erstaunlich eckigen Verrenkungen. Vor allem Einheimische feierten am Sonntagabend den Ausklang der Woche.

Fausto, der Wirt, begrüßte die zwei jungen Frauen mit Augenzwinkern, Handschlag und zwei Zirbenschnäpsen, die er ihnen über den breiten, holzverkleideten Tresen reichte. Daniela warf ihrer Freundin einen warnenden Blick zu, sie sollte sich mit dem Trinken zurückhalten. Für sich bestellte sie einen Wodka Energy Drink.

Beide mischten sich unter die Tanzenden und ließen sich von der Musik mitreißen. Erika flirtete beim Tanzen mit einem jungen Mann, dessen lange Haare im Rhythmus hin- und herflogen. Daniela war durch die Musik und ihren Drink aufgekratzt und genoss es, zu tanzen und mit Bekannten gegen den Lärm zwei, drei Halbsätze auszutauschen.

Als sie gut gelaunt die Rückfahrt antreten wollten, gab der Motor ein kurzes heiseres Geräusch von sich und blieb von da an stumm. Um kurz vor Mitternacht am heiligen Sonntag eine offene Werkstatt zu finden, war schlicht aussichtslos. Der junge Mann, der mit Erika getanzt hatte, trat zu ihnen und fragte, ob er helfen könnte. Er empfahl die Werkstatt Flatscher im nahen Niederösch. Die sei Vertragspartner des ACI. Dort erreiche man zu jeder Tages- und Nachtzeit entweder den Meister selbst oder seine Tochter. Die sei auch Automechanikerin. Das hörte sich vielversprechend an. Erika wählte mehrfach die Telefonnummer, jedoch ohne Erfolg. Niemand ging in der Werkstatt an den Apparat. Wenig überraschend um diese Uhrzeit.

Daniela Thaler überlegte schon, welches Taxiunternehmen sie für die Rückfahrt rufen könnten, als der junge Mann anbot: „Lasst mich doch mal einen Blick darauf werfen, vielleicht finde ich den Fehler."

Als erstes prüfte er, ob genügend Benzin im Tank war. Als er mit der Lampe seines Handys in den Motorraum leuchtete, entdeckte er ein durchgerostetes Kabel. Mit seinem Taschenmesser und einem Haargummi von Erika hatte er bald den Defekt behoben, zumindest fürs Erste.

„Sie haben uns gerettet, dafür brauchen wir Frauen eben doch einen Mann, um unsere Autos wieder flott zu bekommen!", meinte Erika anerkennend.

„Ich hoffe, nicht nur dafür. Aber Kunststück, ich habe das von klein auf gelernt. Mein Vater hat früher seine Autos selbst repariert. Ich habe ihm dabei, so oft ich konnte, geholfen."

Erika tauschte mit ihrem Retter die Telefonnummern aus. Dann fuhren die Freundinnen zurück nach Colvilla.

Silvestri war nach seinem Besuch in der Roma Bar auf den verschneiten Wegen zur Kaserne zurückgegangen. Es war eisig kalt. Ein funkelnder Sternenhimmel wölbte sich über der Gebirgslandschaft. Er stellte sich vor, einer der Sterne wäre sein Vater, der andere sein Onkel, und nickte ihnen zu.

An seinem Arbeitsplatz setzte er sich sogleich wieder an den Computer und überprüfte, ob der Trojaner sein Ziel erreicht hatte.

Tatsächlich, er hatte den Mail-Account von Gasser gehackt! Die Informationen auf dessen infiziertem Computer waren für ihn jetzt ein offenes Buch! Ihm war bewusst, dass sein Vorgehen fragwürdig war. Er besänftigte sein schlechtes Gewissen mit dem Gedanken, dass der Zweck die Mittel heilige. Aber sogleich gestand er sich ein, dass dies auch das Motto der Mafia sein könnte. Vor einer Entdeckung dagegen fühlte er sich sicher. Wenn der Hackerangriff je auffliegen würde, käme er aus Russland. Er nutzte ein virtuelles privates Netzwerk, das er selbst optimiert hatte. So führte die Spur zu seiner vorgetäuschten IP-Adresse direkt nach Moskau.

Schnell kopierte Silvestri die Maildateien und verließ den Server. Fieberhaft durchstöberte er die

Korrespondenz des Immobilienunternehmers und murmelte halblaut vor sich hin: Max Gasser ist tatsächlich hochverschuldet und hat sich mit einem großen, heruntergekommenen Areal, das er in der Nähe der Mailänder City gekauft hat, verzockt. Dort wollte er ein Luxusquartier mit noblen Büros und Wohnungen hinklotzen, alles megateuer, aber ökologisch, nachhaltig und begrünt. Mit allen Schikanen, von Concierge-Dienst und Gated Community bis zu Solaranlagen. Da, wo vorher Künstler und Handwerker arbeiteten und Obdachlose hausten.

Aber der Gemeinderat macht ihm einen Strich durch die Rechnung und möchte das Projekt verhindern. Der möchte durchsetzen, dass dort Sozialwohnungen und Ateliers gebaut werden. Eigentlich wundert mich das ja. Der Gemeinderat ist doch sonst nicht so sozial.

Auf einmal war er elektrisiert. Einer der Architekten des Projektes hieß Giorgio Le Spate! Damit hatte Silvestri eine Vorstellung darüber, warum der Gemeinderat bei dem Projekt mauerte. Er vermutete, dass der Rat Wind davon bekommen hatte, um wen es sich bei den Le Spates handelte. Mit der Mafia wollte die Kommune sicher nichts zu tun haben.

Ungestört, allein im grellen Neonlicht des Büros, las er bis weit in die Nacht in Gassers Korrespondenz und grübelte. Zuletzt kam er zu dem Ergebnis, dass seine Überlegungen zu einer Mafiaverbindung des

Immobilienkaufmanns reine Spekulation waren und ihm bei der Lösung seines Falls kaum weiterhelfen würden.

Montag

Früh um sieben Uhr holte der Wecker den Oberleutnant aus unruhigem Schlaf. Nach kurzer Dusche nahm er einen Espresso zu sich, dazu einen Schokokeks, und eilte ins Büro zum Telefon. Die Kollegen aus Brixen hatten rasch und erfolgreich gearbeitet und wichtige Zeugen aufgetrieben. Jetzt stand ihm das unangenehme Telefonat mit Staatsanwalt Gruber bevor. Er atmete dreimal tief durch und wählte dessen Nummer.

„Buon giorno, Dottore Gruber. Interessante Nachrichten, die Verdachtsmomente gegen die Signori Gasser und Bacher haben sich erheblich verdichtet. Das Alibi von Gasser ist geplatzt. Wir benötigen Durchsuchungsbeschlüsse für seine Geschäftsräume und seine Wohnung."

„Herr im Himmel! Wollen Sie mir gleich am Montag früh die ganze Woche vermiesen? Hatte ich Ihnen nicht deutlich gesagt, dass Sie Max Gasser nicht behelligen sollen?"

Der Oberleutnant musste erst einmal tief durchatmen und bemühte sich um einen möglichst sachlichen Ton. Er erläuterte, warum er und die Kommissarin den dringenden Verdacht hatten, dass Signora Vellas Testament und wahrscheinlich auch der für Bacher und Gasser so günstige Vertrag gefälscht waren und deshalb die Schriftstücke graphologisch untersucht werden müssten.

Dass der Apotheker und der Immobilienkaufmann ein starkes Tatmotiv hätten, wäre ja bekannt. Und was das Alibi des Immobilienhändlers anging, so hatte er einen Zeugen, der bestätigte, dass Gasser am fraglichen Montagabend den Helikopter der Bergrettung benutzt hatte. Somit hätte er den Weg ins Alta Badia und zurück mühelos in weniger als einer Stunde zurücklegen können. Während seiner Ausführungen hörte Silvestri den Staatsanwalt mehrfach aufstöhnen. „Oberleutnant, das alles überzeugt mich nicht! In mir sträubt sich alles, einen solch verdienstvollen Mann unter Mordverdacht zu stellen."

Jetzt reichte es Silvestri, bis gerade eben war er ruhig geblieben. Tiefer Groll stieg in ihm hoch. Seine ganzen Ermittlungsergebnisse sollten nicht zählen? Mühsam beherrscht antwortete er: „Dottore, ich verstehe nicht. Welche Fakten soll ich Ihnen noch liefern? Sollen wir den Fall dem Generalstaatsanwalt zur Entscheidung vorlegen?"

Als Antwort hörte er ein vernehmliches Räuspern in der Leitung. „Ehem, warten Sie! Soeben geht ein Anruf auf der anderen Leitung ein. Ich rufe spätestens in einer halben Stunde zurück. Und finden Sie erst einmal heraus, wohin Herr Gasser geflogen ist. Habe die Ehre!"

Silvestri wollte gerade darauf hinweisen, dass Gasser, als er ihn zu seinem Alibi befragte, den Ausflug mit dem Hubschrauber verschwiegen hatte. Was reichlich verdächtig war. Aber da hatte Dr. Gruber schon das Telefonat abgebrochen.

Aufgebracht stürmte Silvestri in das Büro von Capitano Di Salvo.

„Oberleutnant, lernen Sie bitte endlich anzuklopfen und auf ein Avanti zu warten, bevor Sie hier hereinplatzen."

„Scusi, Capitano, ich wollte nicht unhöflich sein. Ich bin auf hundertachtzig. Der Staatsanwalt torpediert unsere Ermittlungen. Den Fall kann ich nicht lösen, wenn der Staatsanwalt seine Parteifreunde deckt."

Er setzte den Capitano über die neuesten Ereignisse ins Bild.

„Gut ermittelt, Oberleutnant, alles einleuchtend. Sie haben völlig recht, wir brauchen die Durchsuchungsbeschlüsse. Gasser und Bacher sind hochverdächtig. Warten Sie die halbe Stunde erst einmal ab, bis sich der Staatsanwalt meldet. Wenn er sich dann immer noch weigert, sorge ich dafür, dass der Staatsanwalt uns Carabinieri kennenlernt."

Silvestri war sprachlos. Er glaubte es kaum, sein Chef stellte sich klar hinter ihn. Wann hatte er das jemals erlebt? Gegen seinen Willen freute es ihn.

Zurück in seinem Büro teilte ihm Carabiniere Incoronato mit, dass das Labor Fingerabdrücke aus Signora Vellas Haus der Ziehtochter, Sandra Costiner, zuordnen konnte. Die anderen Abdrücke stammten jedoch von einem Unbekannten, von Freddy Costiner seien sie jedenfalls nicht. Silvestri beauftragte den Carabiniere, die Fingerabdrücke von Franco Senoner abzunehmen. Er selbst wollte die von Gasser besorgen.

Außerdem hatte der Carabiniere Neuigkeiten. An Silvestris Kleidung, die er am Abend des Überfalls getragen hatte, konnte das Labor mit Hilfe des genetischen Fingerabdrucks die Spuren von vier verschiedenen Personen nachweisen, von zwei weiblichen und zwei männlichen. Eine der Spuren stammte vom Oberleutnant selbst. Für die anderen ergab der Abgleich mit der nationalen DNA-Datenbank keine Übereinstimmung.

„Mist! Es wäre auch zu schön gewesen! Wir müssen von allen Verdächtigen DNA-Proben bekommen. Erstmal konzentrieren wir uns auf Gasser und Bacher", kommentierte der Oberleutnant diese Information.

Pünktlich, eine halbe Stunde später, rief der Staatsanwalt zurück. „Na gut. Sie bekommen Ihre Durchsuchungsbeschlüsse. Der Ermittlungsrichter hat sie soeben ausgestellt. Ich lasse sie Ihnen faxen.

Hoffentlich wird das keine Blamage. Ich will mir nicht vorstellen, wie ich dastehe, wenn das ein Schlag ins Wasser wird. Und, Silvestri, gehen Sie so diskret wie möglich vor."

„Danke, Dottore, das wird kein Reinfall! Es sei denn, die Schriftstücke hätten sich in Luft aufgelöst."

Oberleutnant Silvestri machte sich sogleich nach Brixen auf. Carabiniere Incoronato steuerte den Wagen. „Mit Blaulicht! Fahr zügig, aber so, dass wir heil ankommen. Nicht wie letztes Mal Rallye Paris-Dakar."

Zügig zu fahren, ließ sich Incoronato nicht zweimal sagen. Von der letzten Aufforderung hatte er nur das Wort Rallye registriert. Silvestri fühlte sich wie auf einer Achterbahn, allerdings mit Gegenverkehr. Während er sich mit einer Hand krampfhaft festhielt, erledigte er mehrere dringende Telefonate. Unter anderem informierte er Daniela über die Ergebnisse aus dem Labor und darüber, dass er Durchsuchungsbeschlüsse für die Räumlichkeiten von Gasser und Bacher erwirkt hatte, und beauftragte sie mit Carbone zusammen, die Wohn- und Geschäftsräume des Apothekers zu durchsuchen, und zwar sollte sie zur gleichen Zeit beginnen, wie er in Brixen bei Gasser. Er würde sich dann erneut melden.

Sie zeigte sich überrascht, dass Silvestri so zügig diese Beschlüsse erwirkt hatte. Als sie nachfragen wollte, wie es zu dieser Wendung in ihren Ermittlungen gekommen sei, verabschiedete sich der Oberleutnant schon wieder in Eile und versprach, später alles zu erklären.

Als Silvestri und Incoronato in Brixen ankamen, wurden sie bereits von den vier angeforderten Carabinieri erwartet. Am liebsten wäre der Oberleutnant mit großem Spektakel wie in einem Mafiafilm beim Hotel Falken erschienen – mit mehreren Wagen, Blaulicht, quietschenden Reifen und knallenden Türen. Da er sich den Staatsanwalt jedoch nicht noch mehr zum Feind machen wollte, operierte er lieber unauffällig. Zu Fuß suchten sie das Hotel auf, eine Gruppe über den Hintereingang, Silvestri mit zwei Carabinieri über den Vordereingang. Sie trafen Gasser bei der Rezeption an. Selbst im gedämpften Licht des alten Hofes sah Silvestri den Immobilienkaufmann erblassen. Er empfand Genugtuung dabei, diese Fassade biederer Bürgerlichkeit anzukratzen.

„Buon giorno, Signore Gasser, hier, die Durchsuchungsbeschlüsse für Ihre Räume. Wenn Sie uns unterstützen, geht es schnell und diskret. Andernfalls kann es sehr lange dauern."

„Ich werde doch wohl meine Rechte wahrnehmen dürfen! Ich möchte meinen Anwalt dabeihaben!"

„Selbstverständlich ist das Ihr gutes Recht. Das darf ich Ihnen gar nicht verbieten. Mir riecht das jedoch nach Schwierigkeiten! Carabiniere Incoronato, rufen Sie bitte die Kollegen hier in Brixen an, sie sollen rasch zu unserer Unterstützung herkommen. Zehn Carabinieri werden wohl reichen."

„Nein, nein! Warten Sie! Wollen Sie mich ruinieren? Was sollen meine Kunden denken? OK, erstmal keinen Anwalt. Was genau suchen Sie?"

„Wir benötigen sämtliche Unterlagen, die im Zusammenhang mit dem Sonnenhofprojekt und Signora Vella stehen."

Gasser überreichte die verlangten Schriftstücke, wohlsortiert in drei Ordnern. Die Carabinieri durchsuchten sicherheitshalber das Büro und die Wohnung der Wirtsfamilie gründlich, ohne auf weitere Funde zu stoßen. Silvestri blätterte wie zufällig in den Unterlagen des Mailänder Projektes.

„Signore Oberleutnant, das hat überhaupt nichts mit dem Sonnenhof zu tun. Das ist eine leidige Geschichte in Mailand. Ich möchte ein sanierungsbedürftiges ehemaliges Gewerbegebiet entwickeln, aber die Kommunalpolitiker machen mir nur Ärger. Wahrscheinlich, weil ich in der Südtiroler Partei bin. Obwohl ich das nicht verstehe, wir Südtiroler haben mit den Mailändern keinen Streit."

„Mir ist gerade der Name Le Spate aufgefallen. Der ist mir aus meiner apulischen Heimat bekannt."

Kurz wirkte Max Gasser konsterniert, zögerte einen Moment und antwortete dann in aller Ruhe:

„Signore Le Spate ist einer der Architekten. Ob er aus dem Süden stammt, weiß ich nicht. Aber mit dem Sonnenhof hat das nichts zu tun."

Als Daniela Thaler an diesem Montagmorgen erst kurz vor acht Uhr die Augen aufschlug, fühlte sie sich wie gerädert. Schon mehrfach hatte sie bei Erika übernachtet, aber diesmal fand sie die Wohnzimmercouch besonders unbequem.

Es wird Zeit, dass wir den Fall lösen, schon meinem Rücken zuliebe. Außerdem kann ich nicht ewig Erikas Wohnzimmer blockieren, überlegte sie und schwang sich vom Sofa.

Das Frühstück, ein Cappuccino und ein Cornetto, nahm sie im Stehen in der Roma Bar ein. Jamal hatte sie fröhlich mit einem Augenzwinkern begrüßt. In der Kaserne begegnete ihr Brigadiere Carbone, der ihr den Durchsuchungsbeschluss vorlegte. Beide warteten in den Amtsräumen auf das Telefonat des Oberleutnants, bei dem der Zeitpunkt festgelegt werden sollte, wann die Durchsuchung beginnen würde.

Um nicht untätig zu sein, holte Daniela die Akten auf ihren Schreibtisch und studierte erneut gründlich alle Unterlagen, auch weil sie sicher sein wollte, dass sie nichts übersehen hatte. Neue Hinweise konnte sie jedoch nicht entdecken. Umso mehr wunderte sie sich, wie Silvestri so zügig die Durchsuchungsbeschlüsse hatte erwirken können.

Auf den Anruf von Silvestri hin fuhren Daniela und der Brigadiere die kurze Strecke zur Apotheke. Als sie dort eintrafen, war der Apotheker ins Gespräch mit einer Frau aus dem Ort vertieft. Als er die Neuankömmlinge bemerkte, verfinsterten sich seine Gesichtszüge. Er ließ seine Kundin wortlos stehen und führte die Polizisten in sein Büro. „Was wollt ihr schon wieder? Was meint ihr, wie das ist, wenn die Polizei hier ein und ausgeht? Die Leute reden schon."

„Wir haben einen richterlichen Durchsuchungsbeschluss für deine Räume", eröffnete ihm die Kommissarin. „Gib mir einfach alle Unterlagen zu dem Sonnenhofprojekt heraus, und du kannst dich wieder deiner Kundschaft widmen."

„Da gibt's kaum Schriftliches. Das wenige, was ich dazu habe, ist in unserem Haus."

„Dann fahren wir gleich dorthin, nachdem wir uns hier umgesehen haben."

In seinem Haus überreichte Martin Bacher der Kommissarin einen dünnen Hefter. „Mehr habe ich nicht in dieser Angelegenheit."

Die Kommissarin beschlagnahmte zusätzlich die Kontoauszüge der letzten Jahre.

„Das hat mit der Angelegenheit nichts zu tun!" protestierte der Apotheker aufgebracht.

„Das werden wir untersuchen! Die gute Nachricht: Wenn du Recht hast, bekommst du umgehend alles wieder zurück!"

In der Kaserne sichteten sie sofort die Unterlagen. Der Brigadiere stürzte sich auf die Kontoauszüge des Apothekers. Zwei Stunden später informierte er selbstzufrieden die Kommissarin: „Keine Überweisung auf das Konto von Signora Vella, aber schauen Sie hier, die vielen Einzahlungen auf das Konto der Firma Goldfinger's Paradise in Panama. Da ist ganz sicher extrem viel Schwarzgeld im Spiel. Im Netz fand ich heraus, dass es sich bei dieser Firma um eine Servicegesellschaft handelt. Welche Dienste sie anbietet, wird nicht angegeben, das scheint geheim zu sein. Eine Telefonnummer gibt es auch nicht. Und, noch verdächtiger, ein einziger Manager leitet gleichzeitig mindestens fünf von solchen ähnlich lautenden Gesellschaften, alle mit der gleichen Adresse. Wenn das keine Briefkastenfirmen sind, auf die Bacher Geld verschiebt!"

Als Silvestri in die Kaserne zurückgekehrt war, ließ er sich über die Hausdurchsuchung bei Martin Bacher unterrichten. Zu den verdächtigen Überweisungen des Apothekers bemerkte er: „Gut recherchiert! Leider hat Steuerhinterziehung erst einmal nichts mit unserem Fall zu tun. Dennoch, vielleicht können wir das als Hebel nutzen, um Bacher zum Reden zu bringen. Die Sache übergeben wir dann der Gardia di Finanza."

Die Kommissarin wollte endlich wissen, wie es Silvestri so schnell gelungen war, den Staatsanwalt umzustimmen. Der Oberleutnant wehrte ab. „Das erzähle ich gleich, zuerst muss ich in Bozen anrufen."

Er bekam Major Greco, den Chef der Kriminaltechnik, an die Leitung.

„Ja, wir haben heute das Testament untersucht und auch das Schriftstück, den Vertrag, der vorhin hereinkam. Schneller ging's nicht. Für eine abschließende Beurteilung brauchen wir noch etwas Zeit. Das Wichtigste wissen wir mit Bestimmtheit. Das Testament von Signora Vella stammt aus ihrer Feder. Aber ...,", nun machte der Major eine längere Pause, „das Datum wurde manipuliert. Eine Eins eingefügt, und aus dem dritten wurde der dreizehnte Februar. Bei der Jahreszahl wurde die Sechs in eine Acht verwandelt, und aus 2016 wurde 2018. Täuschend echt. Die chemischen Analysen zeigen, dass die Veränderungen mit einer anderen Tinte aufs Papier gebracht wurden. Unter dem Mikroskop sieht man auch, dass ein anderer Füller verwendet wurde."

„Großartig!", rief Silvestri in seiner Begeisterung.

„Das ist noch nicht alles", fuhr Major Greco mit hörbarem Stolz fort, „Signora Vellas Unterschrift auf dem Vertrag mit Max Gasser ist gefälscht. Ich tippe auf durchgepaust. Unter der Lupe erkennt man, wie stockend der Schreibfluss ist."

„Hervorragend, das reicht uns fürs erste! Können Sie mir das bitte gleich per Fax schicken? Für den Ermittlungsrichter."

Dank des schallenden Organs des Majors konnten alle im Raum mithören. Bevor jemand etwas sagen konnte, sprudelte es aus dem Oberleutnant heraus: „Wir haben Max Gasser am Kragen. Den Vertrag und das Testament hat er zu seinen Gunsten gefälscht. Das ist ein klares Motiv, und ein Alibi hat er auch nicht mehr."

„Jetzt möchte ich endlich wissen, wie du an den Durchsuchungsbeschluss gekommen bist. Was hat es mit dem geplatzten Alibi auf sich? Ich möchte endlich informiert werden!", forderte die Kommissarin erkennbar ärgerlich.

Silvestri war so in seinem Element, dass er umgehend den Staatsanwalt erreichen wollte, um alles Weitere zu veranlassen. Immerhin erkannte er, dass er Daniela Thaler und seine eigenen Mitarbeiter nicht länger im Dunkeln lassen konnte. „Ich habe im Internet gefunden, dass Signore Gasser als Hubschrauberpilot ehrenamtlich bei der Bergrettung Brixen aktiv ist. Ein Zeuge, ein Mitarbeiter der Bergrettung, bestätigte, dass am letzten Montag um kurz nach fünf Uhr ein Hubschrauber gestartet ist. Der Flug wurde nicht registriert. Zirka fünfzehn Minuten später beobachtete ein anderer Zeuge die Landung am Grödner Joch.

Eine gute Stunde später bemerkte er, dass der Hubschrauber wieder verschwunden war."

„Das war doch der Zeitraum, in dem sich Max Gasser angeblich in seinem Hotel in Brixen aufhielt", ergänzte die Kommissarin.

„Und das war auch der Zeitraum, in dem unsere Zeugin jemanden an Signora Vellas Auto hantieren sah. Genau für diese Zeit hat Max Gasser kein Alibi mehr, wenn man davon ausgeht, dass er den Hubschrauber benutzt hat und ein Auto auf dem Grödner Joch auf ihn wartete, reichen die eineinhalb Stunden, um von Brixen nach Colvilla und wieder zurück zu kommen."

„Das bedeutet, dass Gasser doch als Mörder infrage kommt. Dass er ein Motiv hat, wissen wir ja", stimmte Daniela Thaler zu und hakte nach: „Mit welchem Auto ist er denn vom Grödner Joch nach Colvilla und wieder zurückgefahren? Konntest du das auch klären?"

„Ehm, nein, das habe ich noch nicht herausgefunden. Da bleiben wir dran", die Antwort des Oberleutnants klang eher kleinlaut.

„Wenn das nicht geklärt ist, wird jeder Strafverteidiger die Indizienkette genussvoll zerpflücken. Und jetzt möchte ich endlich erfahren, was ich außerdem wissen müsste."

„Naja, wie du gehört hast, bestätigt die Kriminaltechnik, dass das Testament und der Vertrag manipuliert sind. Außerdem ist Max Gasser tatsächlich pleite. Sonst nichts."

„Sonst nichts!? Und woher weißt du das jetzt? Das mit der Pleite?"

„Das, liebe Kollegin, möchtest du nicht wissen. Diese Quelle behalte ich lieber für mich.

Jedenfalls finde ich, dass wir genügend Indizien haben, um den Kerl zu verhaften. Wenn wir Glück haben, bekommen wir von ihm ein Geständnis."

„Ich kenne ihn zwar nicht persönlich, aber das ist sicher ein hartgesottener Knochen. Solche Typen geben kaum etwas zu, was ihnen nicht eindeutig nachgewiesen werden kann."

„Trotz deiner Bedenken werde ich den Staatsanwalt um einen Haftbefehl ersuchen", betonte Silvestri.

„Eines leuchtet mir immer noch nicht ein: Max Gasser hatte keinen vernünftigen Grund, uns zu überfallen. Er konnte sich doch denken, dass wir die Fotos erneut machen können. Sein Auto und der Vertrag sind ja nicht verschwunden. Ich finde das rätselhaft", zeigte sich die Kommissarin noch immer nicht überzeugt.

Aber da war Silvestri schon am Telefon und hatte Staatsanwalt Gruber am Apparat: „Buon giorno, Dottore, ich benötige einen Haftbefehl für Max Gasser und außerdem eine Genehmigung für eine DNA-Probe, auch für Martin Bacher."

Er setzte den Staatsanwalt über die gefälschten Dokumente ins Bild.

„Gefällt mir das? Nein, verdammt noch mal, das gefällt mir überhaupt nicht! Aber darum geht es nicht! Ich lasse Ihnen den Haftbefehl nach Brixen schicken. Die DNA-Proben genehmige ich auch. Sie können gleich losfahren."

Der Oberleutnant und die Kommissarin fuhren mit dem Wagen nach Brixen. Silvestri am Steuer war aufgekratzt, schließlich hatte er den Fall in einer knappen Woche gelöst. Daniela Thaler war einsilbig. Nach einiger Zeit unterbrach Silvestri das Schweigen. „Du bist so still! Ist das wegen vorgestern Nacht?"

„Ich glaubte, wir arbeiten zusammen und treffen auch gemeinsame Entscheidungen. Ich finde, du hättest mich schon einbeziehen müssen, bevor du die Staatsanwaltschaft einschaltest, vor allem, wenn es um so etwas Wichtiges wie Durchsuchungsbeschlüsse geht. Ich besitze ein Telefon und bin erreichbar."

„Tut mir leid. Wir sind uns doch beide einig, dass mit dem Vertrag, den Signora Vella mit Gasser und Bacher abgeschlossen haben soll, einiges faul ist und dass wir den beschlagnahmen müssen. Ich wollte das alles schnell erledigt haben. Dich ärgern wollte ich nicht."

Der Oberleutnant ließ es sich nicht nehmen, Max Gasser selbst zu verhaften. Sie trafen ihn in der Weinstube seines Gasthofes an. Auch im gedämpften Licht sah man, dass er in sich zusammenfiel. Die Verhaftung ließ er widerstandslos über sich ergehen.

In der Kaserne der Carabinieri in Brixen, die in ihrem Neonlicht mit den abgenutzten Möbeln noch trostloser wirkte als die in Colvilla, konfrontierte der Oberleutnant den Immobilienkaufmann mit den neuen Ermittlungsergebnissen: „Wir wissen, dass Sie den Vertrag mit Signora Vella und auch das Testament gefälscht haben. Ihr angebliches Alibi ist nichts wert. Sie sind am Montagnachmittag mit dem Hubschrauber zum Grödner Joch geflogen. Dafür haben wir Zeugen. Von da aus konnten Sie leicht mit einem Auto nach Colvilla hin- und zurückfahren. Am Dienstagabend sind Sie unbefugt in die Räume des Sonnenhofs eingedrungen, auch dafür haben wir einen Zeugen. Dabei haben Sie das gefälschte Testament hinter dem Gemälde deponiert. Sie sind dringend verdächtig, den Mord an Signora Vella begangen zu haben. Jetzt können Sie gerne einen Anwalt hinzuziehen."

„Um Himmels willen, nein! Ich habe Christa nichts getan!", rief Gasser verzweifelt. „Ich gebe ja zu, dass ich mit dem Helikopter zum Grödner Joch unterwegs war. Was ich jetzt sage, darf niemand erfahren, vor allem nicht meine Frau! Das müssen Sie mir versprechen! Die wirft mich raus. Ihr gehört doch das Hotel. Wissen Sie, ich habe mich mit meiner Freundin dort in der Ütia Gardena getroffen. Das konnte ich Ihnen doch nicht auf die Nase binden. Wenn meine Frau das mitkriegt, ist alles aus!"

„Dass das geheim bleibt, kann ich Ihnen nicht versprechen. Wir werden das jedoch garantiert nicht in die Südtiroler Zeitung setzen. Nennen Sie uns einfach den Namen Ihrer Freundin. Die kann sicher Ihre Angaben bestätigen", setzte Silvestri nach.

Gasser wurde noch bleicher.

„Nein, das geht auf keinen Fall, auch sie ist verheiratet. Fragen Sie bitte das Hüttenpersonal. Die müssen mich gesehen haben. Und jetzt lassen Sie mich bitte wieder frei."

„Sie bleiben erst einmal in Haft. Der dringende Mordverdacht ist nicht vom Tisch. Besonders, wenn Sie so wenig kooperativ sind und uns den Namen Ihrer Freundin verschweigen. Auf jeden Fall bleiben auf Ihrem Konto Einbruch, Urkundenfälschung und Betrugsversuch", beschied ihn der Oberleutnant.

Inzwischen war es dunkel geworden, Silvestri und Daniela Thaler fuhren die kurvige Straße durch das Grödnertal über Santa Christina und Selva hinauf zum Grödner Joch.

„Ob Max Gasser jetzt die Wahrheit sagt?", fragte Daniela Thaler, „Irgendwie klang er für mich glaubwürdig."

„Mit der Wahrheitsliebe ist es bei diesem Gauner nicht weit her. Schauen wir, was die Angestellten der Ütia Gardena mitbekommen haben."

Die Ütia war eine der letzten klassischen Schutzhütten mit schlichtem, gemütlichem Gastraum. Es gab sechs Tische, einen Tresen und ein Kruzifix in der Ecke. Der Kommissarin und dem Oberleutnant knurrte mittlerweile der Magen. Beide bestellten die Spezialität des Hauses, Spaghetti alla Puttanesca, dazu ein Glas San Pellegrino.

Während sie auf ihr Abendessen warteten, befragten sie die Angestellten. Die Frau am Tresen und der Wirt konnten sich noch gut daran erinnern, dass sie letzten Montag am späten Nachmittag Hubschraubergeräusche gehört hatten. Kurze Zeit danach erschien Signore Gasser mit einer ungefähr dreißigjährigen, sehr gepflegten Signora. Deren Namen kannten sie nicht, auch wenn die beiden hier schon mehrfach eingekehrt waren.

„Wissen Sie, für Stammgäste haben wir einen separaten Raum. Herr Gasser verlangte sogleich nach dem Schlüssel", erzählte der Wirt mit gesenkter Stimme.

Etwa eine Stunde später verließ Signore Gasser wieder die Hütte. Man hörte den Hubschrauber starten und wegfliegen. An ein Fahrzeug jedoch, das vor und nach Gassers Besuch hier oben geparkt war, konnten sich die Angestellten nicht erinnern.

„Porca Miseria! Es wäre zu schön gewesen. Ich dachte, wir haben ihn am Wickel", fluchte der Oberleutnant vor sich hin.

„Sein Alibi dürfte jetzt kaum mehr zu erschüttern sein. Ich glaube kaum, dass daran die Aussage der unbekannten Geliebten etwas ändern würde."

„Dennoch möchte ich die Dame auftreiben. Man weiß nie, welche Überraschungen noch auftauchen. Er ist und bleibt ein Fälscher und Betrüger, aber mit dem Alibi können wir den dringenden Mordverdacht nicht mehr aufrecht halten. Dazu müssten wir schon einen Komplizen auftreiben. Was mich am meisten wurmt, Staatsanwalt Gruber wird triumphieren. Sein Parteispezi nun doch kein Mörder! Und jetzt muss ich in Brixen anrufen und dafür sorgen, dass Gasser wieder freikommt, porca miseria."

Der Appetit war ihnen vergangen, recht lustlos verzehrten sie ihre Spaghetti, ohne die herrliche Geschmackskombination aus Oliven, Anchovis, Tomaten, Kapern, Chilis und reichlich Knoblauch richtig zu würdigen. Sogar auf den obligatorischen Espresso verzichteten sie.

Während sie die Passstraße mit den vielen Kehren nach Colvilla hinabfuhren, brüteten beide stumm vor sich hin.

„Was nun?", unterbrach Silvestri das Schweigen.

„Wir sollten noch einmal die Nachbarin von Christa befragen und mehr über die Person erfahren, die an dem Fiat hantierte", schlug Thaler vor.

„Gute Idee, das hätten wir schon längst machen sollen. Mach du das mal. Du bekommst sicher mehr heraus als der Oberwachtmeister. Und ich will wissen, wer die Dame bei dem Rendezvous auf dem Grödner Joch war."

Der Oberleutnant registrierte erleichtert, dass Daniela Thaler den heutigen Misserfolg, den er als persönliche Niederlage betrachtete, nicht weiter kommentierte. Bei der Kaserne verabschiedeten sie sich.

„Sehen wir uns morgen bei der Beerdigung?", fragte Silvestri.

„Unbedingt! Allein wegen Christa gehe ich da hin. Außerdem sollten wir uns das Schauspiel nicht entgehen lassen, wenn alle Verdächtigen aufeinandertreffen. Wovon ich jedenfalls ausgehe."

Als Silvestri die Diensträume mit hängenden Schultern betrat, begegnete ihm zu seiner Überraschung Signora Aurelia. Üblicherweise verabschiedete sich die Sekretärin wesentlich früher in den Feierabend.

„Heute wurde es länger. Ich musste mit dem Chef die Bestellungen fürs nächste Quartal durchgehen," erklärte Signora Aurelia und fragte: „Wenn ich Ihre

Miene richtig deute, ist es wohl in Brixen nicht gut gelaufen?"

„Das können Sie laut sagen. Signore Gasser hat ein Alibi und kann somit kaum der Mörder von Signora Vella sein. Es ist wie verflixt!"

„Nur so eine Idee, vielleicht sollten Sie der Spur der Liebe folgen. In meinen Romanen geht es immer wieder darum, welche Dramen aus enttäuschter Liebe entstehen", empfahl die Sekretärin.

Silvestri bedankte sich für diesen Tipp. Auf dem Weg zu seinem Büro lief er Capitano Di Salvo in die Arme. Auch den hatte er bislang noch nie später als acht Uhr abends im Dienst erlebt. Dieser bat ihn in sein Büro. Silvestri berichtete von den letzten Geschehnissen.

„Mist, Dottore Gruber wird nicht amüsiert sein. Den dringenden Mordverdacht gegen Gasser müssen wir fallen lassen. Aber, dass einer seiner Parteifreunde als Fälscher und Betrüger entlarvt wurde, wird den Staatsanwalt nicht begeistern", überlegte sein Chef und befahl: „Ich möchte von Ihnen einen genauen Bericht über den aktuellen Stand der Ermittlungen. Bis spätestens morgen Nachmittag habe ich den in meinen Händen."

Silvestri schmeckte dieser Auftrag nicht. Er würde ihn morgen an den Schreibtisch binden, ohne dass er mit seinen Ermittlungen vorankäme. Seine Einwände, die ihm schon auf der Zunge lagen, schluckte er nach kurzem Überlegen herunter. Ihm leuchtete ein, dass der Capitano etwas Schriftliches in den Händen brauchte, um bei erwartbaren Auseinandersetzungen mit der Staatsanwaltschaft, dem Ermittlungsrichter oder seinen Vorgesetzten in Bozen gewappnet zu sein. Außerdem war der Chef nun mal berechtigt, Rapport von ihm zu verlangen. Leicht entnervt zog er seine Stirn kraus und verabschiedete sich.

Spur der Liebe! Signora Aurelia hat Ideen! Verwechselt sie nicht ihre Romane mit dem wirklichen Leben?, überlegte er, als er an seinem Schreibtisch saß. Wenn er seine Gedanken kreisen ließ, tauchte sogleich Daniela Thalers Bild vor ihm auf. Die konnte die Sekretärin wohl kaum gemeint haben. Doch das Thema ließ ihn nicht mehr los. Er überlegte hin und her und rang sich nach einigem Zögern dazu durch, anzurufen: „Daniela, entschuldige, es ist spät. Aber ich würde dich gerne treffen. Signora Aurelia hatte vorhin so eine Idee zu unseren Ermittlungen. Dazu hätte ich gerne deinen Rat gehört."

„Und das muss gleich jetzt sein? Erika ist über Nacht bei ihrem Freund in Cortina, und ich habe mich schon darauf eingestellt, dass ich mich hier in der Wohnung ungestört erholen kann. Hat das nicht bis morgen Zeit?"

„Wer weiß, was morgen noch alles auf uns zukommt. Erst die Beerdigung, und dann wird mir sicher der Staatsanwalt die Hölle heiß machen. Ich kenne ihn ja. Es würde mich freuen, wenn du kommen würdest, nur auf einen Drink. Wie wär's mit der Roma Bar? Bitte! "

„Na schön, so gemütlich ist es hier doch nicht. Auch ich bin auf die neue Idee gespannt. Ich komme."

In der Roma Bar wartete Silvestri und mochte sich nur ungerne eingestehen, wie aufgeregt er war. Als Daniela bald nach ihm eintraf und ihn fröhlich begrüßte, fühlte er sich so in ihren Bann gezogen, dass es ihm fast die Sprache verschlug.

„Also, was für eine Idee hatte die Signora Sekretärin?" interessierte sie sich und setzte sich zu ihm an den Tresen.

„Dazu komme ich gleich. Schön, dass du kommen konntest. Lass uns erstmal anstoßen. Wozu darf ich dich einladen?", fragte Silvestri.

Sie entschied sich für einen Gin Tonic.

„Gute Wahl!", meinte er. „Dem schließe ich mich an."

„Cin cin! Immerhin haben wir heute einen Urkundenfälscher und Betrüger zur Strecke gebracht. Mögen sich größere Erfolge dazugesellen!", sprach Silvestri einen Toast aus, nachdem Jamal sie mit den bestellten Drinks versorgt hatte.

„Hihi! Immerhin kannst du´s inzwischen mit Humor nehmen. Cin cin!"

Als Silvestri erzählte, dass ihm Signora Aurelia den Rat gab, bei ihren Ermittlungen der Spur der Liebe zu folgen, musste Daniela lachen. Was sie dazu sagte, hörte sich jedoch nachdenklich an: „Liebe ist immerhin eines der stärksten Gefühle. Besonders enttäuschte Liebe kann ein sehr starker Antrieb sein. Wenn ich mir unsere Verdächtigen betrachte, würde das nur zu Bernadette passen, aber die haben wir doch sowieso auf dem Radar. Ich sehe nicht, wie uns das weiterhelfen soll. Vielleicht ist alles ganz anders."

„Offen gesagt, bin ich mit meinen Überlegungen auch nicht weitergekommen."

„Und deswegen hast du mich kommen lassen? Das hättest du doch auch am Telefon sagen können", fragte Daniela und es hörte sich eher erstaunt als vorwurfsvoll an.

„Natürlich! Wie sollte ich sonst jetzt mit dir einen Drink nehmen können", antwortete er.

„Soso! Und worüber sollen wir uns unterhalten?"

„Zum Beispiel darüber, wie man eine Karriere als Zirkusdirektorin aufgibt und dafür Commissaria bei der Polizia wird."

„Aha, du hast über mich Erkundigungen eingeholt."

„Ich plädiere für mildernde Umstände. Das mit den Erkundigungen ist eine Berufskrankheit. Und glücklicherweise gibt es Einheimische, die mit mir reden."

Sie kamen erneut auf ihre Kindheit und Jugend zu sprechen und stellten überraschend viele Gemeinsamkeiten fest, die ihre Kindheit im Dorf prägten, egal, ob in den ladinischen Dolomiten oder im Süden am Mittelmeer. An die Geborgenheit im Dorf und die vielen Spielkameraden, mit denen man ungezwungen auf Entdeckungstour gehen konnte, erinnerten sich beide.

Allerdings fielen ihnen auch die Schattenseiten ein. Daniela hatte sich als Fünfzehnjährige in ihrer Punkphase die Haare grün gefärbt und musste erleben, dass sie damit bei allen stark aneckte. Nicht besser ging es Giovanni, als er sich mit Jugendlichen anfreundete, deren Familien aus Tunesien stammten. So litten beide von Zeit zu Zeit unter dem in Traditionen erstarrten Denken, das eng und ewig gestrig keine Andersartigkeit duldete.

Bald bestellten sie noch einen weiteren Drink. Schon in den ersten hatte Jamal reichlich Gin gegeben.

Sie verließen sie die Bar, und Silvestri begleitete Daniela Thaler zu ihrer Unterkunft. Plötzlich hielt sie ihn am Arm und zeigte auf den sternenklaren Himmel: „Da, mehrere Sternschnuppen. Jeder darf sich etwas wünschen."

Vor der Haustür von Erika nahm Silvestri Danielas Gesicht in beide Hände, küsste sie auf den Mund. Nach zwei weiteren Küssen schaute sie ihm tief und lange in die Augen, holte den Schlüssel aus ihrer Tasche und öffnete die Tür.

Dienstag

Auch heute quälte sich ein übermüdeter Silvestri aus seinem Bett. Sofort dachte er an Daniela und ihre gemeinsame Nacht. Gegen Morgen hatte er sie verlassen und war in Dunkelheit und Kälte zu seiner Wohnung gelaufen, um noch etwas Schlaf zu bekommen. Die enge, unbequeme Couch in Erikas Wohnzimmer eignete sich für Vieles, aber nicht dafür, dass zwei ausgewachsene Menschen, die kaum voneinander lassen mochten, Schlaf finden konnten.

Im Büro bat er sogleich Signora Aurelia um einen Kaffee und fuhr dann seinen Computer hoch. Die unbekannte Geliebte von Gasser musste sich doch aufzustöbern lassen. Schon gestern war er auf die Idee gekommen, dass sich in den Mails des Immobilienkaufmanns, die er sich illegal beschafft hatte, Hinweise finden lassen müssten.

Tatsächlich stieß er recht bald auf eine Korrespondenz mit Elena Brunner, einer Geschäftsfrau aus Bozen. Die Besitzerin einer Modeboutique und Gasser hatten sich mehrmals zu Besprechungen in ziemlich abgelegenen Hotels oder Hütten verabredet, zuletzt für den vergangenen Montag. Befriedigt stellte er fest: „Warum treffen die sich nicht in Bozen, Brixen oder irgendwo dazwischen, wenn's ums Geschäftliche geht? Signora Brunner, con piacere."

Während er sich noch über diesen Erfolg freute, erreichte ihn der Anruf des Staatsanwalts, der ihn sogleich zusammenstauchte. Er warf ihm vor, den Falschen verhaftet zu haben und drohte Silvestri an, er könne sich auf allerhand gefasst machen. Er würde sich an seine Vorgesetzten wenden.

Bevor sich Silvestri an den Bericht machte, den der Capitano von ihm verlangte, musste er auf andere Gedanken kommen. Er atmete mehrmals tief durch und nahm sich dann reichlich Zeit, seinen Schreibtisch gründlich aufzuräumen. Als er sämtliche Akten vor sich gestapelt hatte, war es an der Zeit, zum Friedhof aufzubrechen.

Bereits eine Viertelstunde vor zehn Uhr war die kleine Santa-Barbara-Kirche überfüllt und die später eintreffenden Besucher konnten der Trauerfeier für Christa Vella nur vor der offenen Kirchentür beiwohnen. Immerhin zeigte sich das Wetter gnädig und schickte ab und zu einen Sonnenstrahl auf das gotische Gotteshaus und den dazugehörenden Friedhof.

Silvestri hatte es gerade noch geschafft, einen Platz auf den hinteren Bänken zu ergattern. Trotz der offenen Tür war das Kirchenschiff vom Duft der weißen Chrysanthemen erfüllt, mit denen der schlichte Sarg geschmückt war.

Ganz vorne, in der ersten Bankreihe, saß Alfred Costiner. Daneben saßen die Geschwister Costiner.

Beide waren von Trauer sichtlich gebeugt. Sandra hatte rotgeweinte Augen, Freddy betrachtete mit angespannter Miene unverwandt den Sarg.

Nicht weit vor ihm sah er Franco Senoner. Blass und mit den Schatten eines Dreitagebartes im Gesicht wirkte er ebenfalls sehr mitgenommen.

Er entdeckte Daniela vorne in der zweiten Reihe. Sie hatte zwischen Oberwachtmeister Moroder und dem Bürgermeister ihren Platz gefunden und unterhielt sich flüsternd mit den beiden. Silvestri wäre am liebsten zu ihr gestürmt, um sie in seine Arme zu schließen. Da sie sich auf einer Trauerfeier befanden, beherrschte er sich und grüßte stattdessen mit einem dezenten Winken, als sie sich einmal umwandte.

Zu seiner Überraschung gehörten auch Bernadette Kumpatscher, die er nur von Fotos kannte, und Moreda zur Trauergemeinde. Die Schwägerin hatte ihre Arme vor der Brust verschränkt und schaute sich herausfordernd um. Der Gastwirt gab sich leutselig und begrüßte gestikulierend alle möglichen Anwesenden.

Der Apotheker hatte sich mit seiner Frau eingefunden. Als er den Oberleutnant entdeckte, wandte Bacher seinen Blick rasch ab. Angespannt wischte er sich immer wieder über sein Kinn. Gasser war nicht erschienen, obwohl er mittlerweile wieder aus dem Polizeigewahrsam entlassen worden war.

Auch Irina Goller war gekommen, um der Toten das letzte Geleit zu geben. Sie saß in der Nähe des

Seiteneingangs und schien in ein stilles Gebet vertieft zu sein.

Don Alfredo, der junge Priester, würdigte Christa Vella als hilfsbereites und aufrichtiges Mitglied der Gemeinde und als liebevolle Ziehmutter, die sich aufopferungsvoll um Sandra und Freddy gekümmert hatte, nachdem deren Mutter so jung gestorben war.

Er sprach davon, wie der gewaltsame Tod alle in der Gemeinde erschüttert hatte und hielt eine Predigt über die himmlische Gerechtigkeit, der kein Übeltäter entgehen werde, und ebenso über das ewige Leben, das der Verstorbenen nun zuteilwerde. Auch wenn Silvestri gerne daran glauben wollte, dachte er grimmig daran, dass es ihm noch nicht gelungen war, den Mörder von Signora Vella der irdischen Gerechtigkeit zuzuführen.

Nachdem der Sarg im Grab versenkt und die Verstorbene von Don Alfredo ausgesegnet worden war, streuten die Trauergäste bunte Blütenblätter sowie Erde auf den Sarg und kondolierten Sandra und Freddy.

Als sich die Trauergemeinde auflöste und der Friedhof sich nach und nach leerte, stand Oberwachtmeister Moroder neben Silvestri. Der Oberleutnant deutete auf einige umliegende Gräber.

„Hier liegen mehrere Moredas und Moroder nebeneinander beerdigt. Gehen diese Namen auf denselben Ursprung zurück? Sind also die Moredas und Moroder etwa alle miteinander verwandt? Zum Beispiel Sie mit Bruno Moreda?"

„Sie haben Recht, wir gehören tatsächlich zu einer großen, weitverzweigten Familie. Mit Bruno bin ich aber nur sehr weitläufig verwandt. Vor über vierhundert Jahren hat sich ein erfolgreicher Baumeister aus St. Ulrich namens Beatus Moroda hier niedergelassen. Der hatte dann reichlich Nachkommen."

Walter Moroder erzählte, wie es im Lauf der Geschichte zu verschiedenen Namensversionen kam. Zu Maria Theresias Zeiten, als Südtirol zu Österreich gehörte, wollte die Obrigkeit die ladinische Sprache auslöschen, alles sollte damals deutschsprachig sein. So wurden die ladinischen Namen von den Gerichten zwangsweise germanisiert. Deshalb hießen die Moredas auf einmal Moroder. Jedoch war schon damals die Verwaltung nicht perfekt, und einige Moredas behielten, weil sie schlicht übersehen wurden, ihren ladinischen Namen.

Für eine weitere Welle an Namensänderungen sorgte das faschistische Mussolini-Regime ab den Zwanzigerjahren, als Südtirol in Alto Adige umbenannt wurde und alles, was nicht italienisch klang, italianisiert wurde. Zuerst traf es die Berge, Flüsse und Ortschaften, später die Namen der Bevölkerung. Wer ein offizielles Amt bekleiden oder auch sonst keine Scherereien bekommen wollte, durfte

„freiwillig", dabei zeichnete er mit den Zeige- und Mittelfingern beider Hände Anführungsstriche in die Luft, einen italianisierten Namen beantragen.

So wurde Franz zu Francesco, Johann zu Giovanni und mehrere Moroder wieder zu Moreda. „Diese Namensgeschichten waren restlos absurd. Besonders für uns, das älteste Volk in den Dolomiten. Wir sind Ladiner, weder Deutsche noch Italiener", schloss der Oberwachtmeister seinen geschichtlichen Exkurs und fragte nach: „Aber Sie interessieren sich wohl eher nicht für diese alten Geschichten, sondern für Bruno.

Falls Sie ihn für den Mörder von Christa Vella halten sollten…. Ich kann mir das nicht vorstellen. Bruno ist umtriebig und sehr geschäftstüchtig. Wenn man ihm die Hand gegeben hat, sollte man sicherheitshalber nachzählen, ob noch alle Finger dran sind. Aber ein Gewaltverbrecher? Allerdings kommt er mir in letzter Zeit recht nervös vor."

Silvestri lenkte seine Schritte zur Roma Bar und konnte dort Daniela in seine Arme schließen. Schon vor der Trauerfeier hatten sie sich telefonisch verabredet. Sie setzten sich an einen ruhigen Tisch, wo sie sich ungestört unterhalten konnten.

Als erstes verabredeten sie sich zum Abendessen in den Ladiner Stuben und wechselten dann das Thema zu Dienstlichem.

„Ist dir bei der Trauerfeier etwas Besonderes aufgefallen?", fragte Silvestri.

„Nein, nicht wirklich. Keiner trug ein Schild vor sich her: Ich war´s, und keiner ist unter der Last seiner Schuld zusammengebrochen. Nur Bruno hat eine ziemliche Show abgezogen. Aber das ist bei dem nichts Ungewöhnliches. Der muss halt zeigen, wie wichtig er ist."

„Ich habe auch nichts bemerkt, was suspekt wäre. Dafür habe ich etwas über das Dorf gelernt. So weiß ich jetzt, dass all die Moroders und Moredas miteinander verwandt sind. Das erzählte mir der Oberwachtmeister."

„Tja, hier sind alle irgendwie miteinander verwandt. Irgendein Moreda war mit einer Ciampac verheiratet, die wieder zu der Familie Kumpatscher gehört, und eine Kumpatscher wiederum war mit einem Thaler vermählt - und so weiter und so fort."

Dann erzählte Silvestri, dass es ihm gelungen war, die Geliebte von Gasser ausfindig zu machen.

„Und wie hast du das jetzt herausgefunden, das mit der Geliebten?"

Das wollte Silvestri lieber nicht verraten und wurde dafür erfinderisch: „Ehm, das hat mir ein Informant verraten, anonym. Aus dem Internet konnte ich ein Foto von der Signora herunterladen. Das Personal der Ütia Gardena müsste sie so identifizieren können."

„Schön und gut. Aber ich dachte, wir hätten inzwischen den Immobilienkaufmann als Täter ad acta gelegt."

„Ich möchte ganz sicher gehen. Wir wissen nicht, ob er die ganze Zeit mit seiner Geliebten zusammen war. Vielleicht hatte er doch die Gelegenheit zu einem Ausflug nach Colvilla. Ich kann das nicht selbst erledigen, ich muss heute noch den Bericht für den Capitano verfassen, deshalb bitte ich dich. Außerdem bin ich sicher, dass sich die Signora lieber dir anvertrauen wird als einem Mann."

„Ist das nicht eine Sackgasse? Glaubst du wirklich, Gasser hätte unbemerkt von den Angestellten in einer knappen Stunde vom Grödner Joch nach Colvilla und wieder zurück rasen können und hätte zwischendrin noch die Bremsleitungen von Christas Auto durchgesägt? Ziemlich sportlich!"

„Schon, aber du musst zugeben, dass das nicht unmöglich ist. Allerdings ist die ganze Sache ziemlich delikat, der Ehemann der Geliebten ist Daniel Brunner, der Landrat für Infrastruktur."

„Na schönen Dank, dass ich mich in die Nesseln setzen darf!"

„Du schaffst das, du bist viel diplomatischer als ich."

Als beide ihren zweiten Espresso in der Bar ausgetrunken hatten, verabschiedeten sie sich voneinander.

Silvestri machte sich auf den Weg zur Kaserne, um die lästige Schreibarbeit zu erledigen. Erneut setzte er sich an die Akten. Auf einen neuen Ermittlungsansatz stieß er dabei nicht. Dafür ging ihm der verlangte Bericht zügig von der Hand. Nach und nach nahm dieser immer mehr an Umfang zu und wuchs zu einem mehrseitigen Bündel. Kurz nach fünf Uhr war er mit seinem Werk zufrieden.

Mit dem Bericht in der Hand betrat er das Vorzimmer des Capitanos und begegnete Signora Aurelia in rosafarbener Satinbluse, elegantem schwarzem Rock und auf schwindelerregend hohen Absätzen.

„Oh schick, Sie gehen aus? Wer ist der Glückliche?"

Die Sekretärin zeigte ein vielsagendes Lächeln. „Vielen Dank für das Kompliment. Ich breche gleich auf. Kann ich noch etwas für Sie erledigen?"

„Si, Signora Aurelia. Könnten Sie bitte dieses Schreiben dem Capitano zukommen lassen."

„Gerne. Und Sie, denken Sie an die Spur der Liebe."

Silvestri bedankte sich und begab sich wieder an seinen Schreibtisch.

„Spur der Liebe!", sprach er wieder vor sich hin und musste daran denken, dass ihm der Rat der Sekretärin auf jeden Fall geholfen hatte, Daniela näherzukommen. Fast kam es ihm unwirklich vor.

Nur mit Mühe gelang es ihm, sich auf den Fall „Vella" zu konzentrieren. Es konnte ja auch eine andere

Art von Liebe gemeint sein. Bernadette mit ihrer übersteigerten, egoistischen Geschwisterliebe fiel ihm ein. Andererseits, nach allem, was sie über Signora Vellas Schwägerin ermittelt hatten, schien sie nicht die Mörderin zu sein. Signora Vella und die Liebe, brütete er weiter vor sich hin, mit Heiner Vella war sie verheiratet und zuletzt mit Franco Senoner liiert. Vielleicht wirklich verschmähte Liebe?

Zunächst schemenhaft und dann immer deutlicher setzte sich vor seinem inneren Auge die Szenerie fest, als er zuletzt den Tierarzt besucht hatte. Da erinnerte er sich an etwas, das ihn schon damals irritiert hatte. Nach und nach reifte in ihm die Idee, wen er ganz besonders unter die Lupe nehmen wollte.

Während der Oberleutnant im Büro die Schreibarbeiten erledigte, fuhr die Kommissarin in ihrem neuen Dienstwagen die kurze Strecke zum Haus von Christa Vellas Nachbarin. Silvestri hatte sie beauftragt, die alte Dame erneut zu befragen, sie war ihre derzeit wichtigste Zeugin. Silvestri traute Daniela zu, von Ladinerin zu Ladinerin weitere Informationen zu erhalten, ohne dass er wusste, wie gut sich die beiden kannten. Sie hatten früher lange Jahre gemeinsam im Kirchenchor von Colvilla gesungen, die schon damals ältere Dame mit durchdringendem, blechernem Sopran und Daniela mit kräftigem Alt.

Christa Vellas Nachbarin freute sich über den unerwarteten Besuch. Sie bat die Kommissarin in ihre Wohnstube und bot ihr eine Tasse Tee von Kräutern an, die sie trotz ihres hohen Alters selbst auf den nahen Bergwiesen im Sommer sammelte, wie sie mit sichtlichem Stolz erzählte.

Als sie anfing, einen Vortrag über die Heilwirkung von Arnika bei Verstauchungen und Prellungen, von Schafgarbe bei Erkältungen oder von wildem Majoran bei Magenbeschwerden zu halten, versuchte Daniela das Gespräch auf den Fall „Vella" zu lenken, ohne ungeduldig zu wirken. „Es ist schon toll, wie uns die Heilkräfte der Natur helfen können. Aber ehrlich gesagt bin ich hier, weil ich dich zu deinen Beobachtungen vom vergangenen Montag noch einmal befragen möchte. Ist dir dazu noch etwas eingefallen?"

Die alte Dame erzählte, dass sie vergangenen Montag eine Viertelstunde vor sechs Uhr ihren Fernseher eingeschaltet hatte, um auf Rai Südtirol das Gesundheitsmagazin anzuschauen. Als sie dabei aus dem Fenster blickte, sah sie eine ‚geheimnisvolle Gestalt' in dunkler Jacke, mit der Kapuze über dem Kopf, die an Christas Wagen hantierte. Sie glaubte zunächst, ein Mechaniker wolle den Wagen reparieren. Merkwürdig fand sie, dass das im schummrigen Licht der Laterne vor sich ging. Sie zeigte der Kommissarin die Stelle vor dem Sonnenhof, wo das geschah.

200

„Konntest du erkennen, ob es ein Mann oder eine Frau war, jung oder alt, groß oder klein?", fragte Daniela Thaler nach.

„Du siehst ja selbst, wie weit das weg ist, und dann das schlechte Licht", dabei deutete die Zeugin durch das Wohnzimmerfenster hinüber zum Sonnenhof. „Ich bin mir unsicher, glaube aber eher, dass es ein Mann war, etwas größer und kräftiger als du. Wie gesagt, das Gesicht war von der Kapuze bedeckt. Alt war der nicht. Flink wie Wiesel legte er sich unter das Auto und kam nach kurzer Zeit wieder auf die Beine. Vielleicht war es aber auch eine Frau."

Weitere Einzelheiten konnte Thaler nicht in Erfahrung bringen.

Trotz ihrer Skepsis hatte sich Daniela bereit erklärt, heute noch die mutmaßliche Geliebte von Gasser in Bozen aufzusuchen, die dort ein Modegeschäft besaß.

Als sie ihren Wagen gestartet hatte, überlegte sie, dass sie heute das bessere Los als Silvestri gezogen hatte. Ohne Zeitdruck wollte sie die Fahrt in der schneebedeckten Landschaft genießen, die immer wieder neue Ausblicke auf die schneebedeckten Hänge mit oft windschiefen Heustadeln, auf Fichtenwälder und die bizarren Dolomitengipfel bot. Außerdem konnte sie sich mit ihrem neuen Dienstwagen vertraut machen und hoffte, ihre alte Sicherheit

zurückzugewinnen, die sie durch das Attentat einge-
büßt hatte.

An den neuen Wagen hatte sie sich schnell ge-
wöhnt, nur wenn sie bremsen musste, fühlte sie sich
unbehaglich.

Bald wanderten ihre Gedanken zu den Geschehnissen des letzten Abends. Es hatte sich alles richtig an-
gefühlt, dennoch war ihr nicht ganz wohl. Mit einem
Kollegen wollte sie sich eigentlich nie einlassen. Gott
sei Dank gehörten sie nicht zur selben Truppe und
mussten nicht das Gerede der Kollegen befürchten.

Wenn sie jedoch an ihren Vater dachte, bekam sie
ein flaues Gefühl. Er hatte ja schon mehr als deutlich
ausgesprochen, was er von Giovanni hielt. Nach kurzem Nachdenken zuckte sie mit den Schultern und
beschloss, dass sie auf keinen Fall klein beigeben
durfte. Papa, da musst du jetzt durch, bekräftigte sie.

Obwohl sie ziemlich vorsichtig in die vielen Kur-
ven gefahren war, hatte sie bereits nach einer halben
Stunde das Grödner Joch erreicht. Sie hätte mit mehr
Zeit für die Fahrt gerechnet und musste insgeheim
Silvestri recht geben. Es war doch nicht abwegig, das
Alibi von Max Gasser genauer unter die Lupe zu neh-
men.

Sie legte dem Wirt der Ütia Gardena das Foto von
Elena Brunner vor. Der erkannte die Dame zweifels-
frei als die Begleiterin von Gasser.

Nach einer weiteren guten Stunde stellte Thaler ihren Wagen am Rande der Altstadt von Bozen ab und suchte das Modegeschäft auf, das sich in den Laubengängen der Bindergasse befand. Schon von weitem fiel ihr eine Vitrine mit extravaganten Kleidern in lebhaftesten Farben auf. Leuchtendes Blau, flammendes Orange und Purpurrot schienen aktuell in Mode zu sein.

In Natura wirkte Elena Brunner noch attraktiver als auf dem Foto und lächelte Daniela Thaler freundlich an, als sie die Boutique betrat. Als diese ihren Dienstausweis zeigte und um ein kurzes Vieraugen-Gespräch bat, wirkte die Signora reichlich nervös und setzte eine besorgte Miene auf. Sie führte die Kommissarin in einen Nebenraum und bedeutete ihrer Angestellten mit Handzeichen, den Laden zu übernehmen.

„Sie müssen sich keine Sorgen machen, ich befrage Sie lediglich als Zeugin."

„Bitte fragen Sie", antwortete Signora Brunner mit fester Stimme. Thaler war verblüfft, wie schnell sich die Dame wieder im Griff hatte.

„Wir möchten von Ihnen wissen, wo und mit wem Sie am letzten Montagnachmittag die Zeit zwischen halb fünf und sechs Uhr verbracht haben."

„Das kann ich Ihnen ganz genau sagen, ich war auf dem Grödner Joch in der Ütia Gardena und traf mich mit dem Immobilienkaufmann Gasser. Es ging um

Geschäftliches. Mein Mann und ich planen zusammen mit Herrn Gasser ein größeres Bauprojekt in Brixen und hatten einiges zu klären."

„Zeugen berichten, Sie hätten sich in ein Nebenzimmer zurückgezogen wie ein Liebespaar."

„Quatsch!", erwiderte sie wie aus der Pistole geschossen. „Es ging darum, einen Antrag zum Bebauungsplan zu formulieren. Das diskutieren wir doch nicht in aller Öffentlichkeit."

„Wirklich naheliegend, sich auf zweitausendeinhundert Metern in der Höhe zu treffen, wenn's auch bequem im Tal ginge", merkte die Kommissarin an.

„Es ist immer noch uns überlassen, wo wir uns treffen. Dies ist ein freies Land", entgegnete Signora Brunner pikiert.

„Von wann bis wann ging denn dieses Treffen?"

„Wir trafen uns etwa zehn Minuten vor fünf Uhr, ungefähr eine Stunde lang."

„Sie waren also die ganze Zeit über mit Gasser zusammen."

„Aber sicher, viel Zeit hatten wir ja nicht."

Sofort, nachdem sie die Boutique verlassen hatte, informierte Daniela Thaler den Oberleutnant.

„Mist!", entfuhr es ihm. „Also, mit einem Antrag für ein Bauprojekt wollen die beiden sich beschäftigt haben. Diesen Antrag soll dann der Gasser ganz ‚uneigennützig' durch den Gemeinderat bringen - mit dem Segen und der Unterstützung des Landrates für Infrastruktur. Wobei er sich mit dem Projekt sicher eine goldene Nase verdienen wird. Das hört sich fast schon wieder glaubwürdig an. Das ist ja noch obszöner als eine außereheliche Affäre. Wobei das eine ja das andere nicht ausschließt."

„Auf jeden Fall müssen wir Gasser nun endgültig von der Liste der Verdächtigen streichen."

Als nächstes besuchte Daniela Thaler die Panetteria Piccoli, die gegenüber der Boutique lag, und stärkte sich mit einem Panino mit Parmaschinken, Rucola und Parmesanflocken. Ihr knurrender Magen musste dringend beruhigt werden.

Während sie ihr Brötchen mit Genuss an einem Stehtisch verspeiste, beobachtete sie das Treiben in der belebten Straße der Provinzhauptstadt und registrierte, dass keinerlei Kundschaft die Boutique betrat. Ob es sich hier um ein Abschreibeprojekt handelt, überlegte sie. Nach kurzem Nachdenken kam sie zu dem Entschluss, dass das nicht ihre Baustelle war. Sie bestellte noch einen weiteren Espresso und machte sich dann auf den Rückweg.

In Colvilla suchte sie Sandra Costiner auf und erzählte ihr bedrückt, dass sie immer noch im Dunkeln tappten.

Eigentlich wusste sie, dass sie ein privates Treffen meiden sollte, solange nicht eindeutig geklärt war, ob ihre Freundin zum Kreis der Verdächtigen gehörte. Silvestri wäre sicher nicht begeistert. Aber sie war sich sicher, dass Sandra für einen Mord an ihrer Ziehmutter nicht in Frage kam, und wischte die Bedenken und ihren Anflug von schlechtem Gewissen beiseite.

„Sandra, du hattest ja einige Tage Zeit zum Nachdenken. Ist dir inzwischen eine Idee gekommen? Und wenn es nur ein vager Verdacht ist."

„Mir geht die ganze Zeit die Sache nicht aus dem Kopf. Der Apotheker und Max Gasser sind Geldgeier, aber Mord traue ich ihnen nicht zu. Bruno hat Christa übel mitgespielt, ich kann mir aber nicht vorstellen, dass er jemanden umbringt.

Vielleicht geht es doch um Eifersucht. Nach wie vor traue ich es am ehesten der Bernadette zu. Andererseits glaube ich auch nicht so recht daran. Wie hätte sie das machen sollen? Madonna, einer muss es doch gewesen sein!"

„Vielleicht helfen uns ja jetzt die Karten weiter. Lass uns einfach mal schauen. Hast du die Tarotkarten da, die ich dir letztes Jahr geschenkt habe?

Du musst mir eines versprechen. Erzähle keinem, dass ich das Tarot auch beruflich um Rat frage. Ich möchte nicht als esoterische Spinnerin dastehen!", sagte Daniela.

Sie saßen bei Kerzenlicht am Wohnzimmertisch. Auf einer grünen Damastdecke lagen die verdeckten Karten, gut gemischt, im Fächer aus. Daniela zog mit der linken Hand, die ja von Herzen kommt, für jeden der Verdächtigen eine Karte und legte diese verdeckt ab. Nun wendete sie die Karten nacheinander um und deutete diese.

Für Bernadette Kumpatscher lag der Stern auf dem Tisch. „Das ist eine Karte der Hoffnung, der Genesung und des Vertrauens in das Leben. Zu einer Mörderin passt die nicht", erklärte Daniela.

Für Bruno Moreda war es die Sonne. „So eine positive Karte für Bruno? Offensichtlich ist er in einer glücklichen, fruchtbaren Phase", entschied Daniela.

„Nun zu Bacher. Seine Karte zeigt den Gehängten!", stellte Sandra fest.

„Scheint eindeutig zu sein. Heißt aber nicht, dass er an den Galgen oder ins Gefängnis kommt. Das bedeutet nur, dass er in der Luft hängt und nicht ein noch aus kann. Er steckt fest, wahrscheinlich wegen seiner krummen Geschäfte mit Gasser. Eigentlich konnte ich mir die drei nicht als Mörder vorstellen."

„Jetzt bin ich auf Gasser gespannt!"

„Der Mond, der passt auch nicht zu Mord. Er zeigt Anfälligkeit für Selbsttäuschung und Illusionen. Warum überrascht mich das bei Herrn Gasser nicht?"

„Also sagen die Karten, dass es keiner der vier war", zeigte sich Sandra enttäuscht.

„Warte, ich ziehe noch eine Karte, eine für jemanden, den wir noch nicht im Visier haben und vielleicht noch gar nicht kennen", fuhr Daniela Thaler fort.

Es war der Tod. „Auch wenn die Karte eigentlich für Neubeginn steht, in dem Fall nehme ich sie wörtlich, den Tod für den Mord."

„Toll, jetzt wissen wir, es ist der große Unbekannte. Bleiben nur die anderen Einheimischen und Touristen, die am Montagabend in Colvilla waren. Mehr als ein paar tausend sind das nicht!", maulte Sandra.

„Sei bitte nicht verbittert. Der Täter muss irgendwie im Umfeld von Christa zu finden sein. Und da kommen viel weniger in Betracht. Wir finden den Täter! Versprochen!"

„Was ist eigentlich mit Franco?"

„Was soll mit dem sein? Der war es ganz sicher nicht! Aber meinetwegen, zieh du für ihn eine Karte."

Sandra zog die Karte ‚Kelche V', die einen Trauernden zeigt, der auf die vor ihm liegenden, ausgeschütteten Kelche schaut und die vollen, die hinter ihm stehen, nicht wahrnimmt.

„Armer Franco, voller Trauer über den Verlust seiner Liebsten. Kein Wunder, dass er die positiven Seiten seines Lebens nicht sehen kann, seinen Beruf, seine anerkannte Position im Dorf, dass er beliebt ist. Eigentlich war mir von Anfang an klar, dass Franco nichts mit Christas Tod zu tun hat. Das hat uns das Tarot nur bestätigt", analysierte Daniela.

Sie wollte gerade aufbrechen, als Sandra ihr verschwörerisch zuzwinkerte. „Ich glaube, der Carabinieri-Offizier ist ein ziemlicher Casanova. Letzten Donnerstag hatte ich Spätdienst im Edelweiß. Stell dir vor, der erschien nachts in dem Hotel mit einer Touristin am Arm, einer deutschen. Dienstlich war das sicher nicht. Beide hatten es eilig, in ihrem Zimmer zu verschwinden."

„Bist du dir sicher?", hakte Daniela entsetzt nach.

„Ganz sicher. Der kam doch am Freitag zu mir und hat mich zu Christas Tod befragt. Als er da in Uniform vor mir stand, war ich verblüfft und habe ihn gleich wiedererkannt. Ja, Zufälle gibt's! Mich geht das ja nichts an. Das sind erwachsene Leute. Aber neugierig war ich schon. Ich habe mich bei meinen Kolleginnen umgehört und die Toni wusste, dass die beiden schon in der Nacht davor da waren."

Daniela fühlte sich, als würde ihr der Boden unter den Füßen weggezogen. Tränen traten in ihre Augen.

„Habe ich etwas Falsches gesagt?", erkundigte sich Sandra erschrocken. Sie nahm ihre Freundin in die Arme und fragte nach einiger Zeit: „Du hast doch nicht mit ihm…?"

Daniela fühlte sich noch elender und nickte. „Letzte Nacht! Ganz am Anfang fand ich ihn ja ziemlich schräg. Über alles hat er geschimpft, fand es hier

schrecklich und musste unbedingt den Chef heraus-
kehren.

Und dann hat er sich innerhalb weniger Tage total
gewandelt. Man konnte auf einmal mit ihm reden. Er
war kooperativ und vor allem verdammt charmant.
Nie hätte ich gedacht, dass er so ein Frauenheld ist!"

„Gestern war das, am Montag? Vielleicht hilft es
dir ja. Die Deutsche ist bereits am Samstag abgefah-
ren, und am Freitagabend ist sie alleine, genauer gesagt, nur mit ihrer Freundin, auf ihr Zimmer gegangen. Das war also vor deiner Zeit", versuchte Sandra
ihre Freundin zu trösten.

„Trotzdem, kaum ist die eine weg, kommt schon
die Nächste an die Reihe! Und die bin ausgerechnet
ich!"

Nach seinem Dienst war Silvestri in seine Wohnung geeilt, hatte die Uniform abgelegt und sorgfältig
seine Kleidung für das Treffen mit Daniela ausge-
wählt. Mit dem weinroten Sweatshirt und der
schwarzen, eng anliegenden Chinohose wollte er
schick und sportlich gekleidet sein.

Vergnügt pfeifend schritt er den kurzen Weg zu
den Ladiner Stuben und traf zur vereinbarten Zeit
dort ein. Daniela saß mit einem Glas Wasser am gleichen Tisch, an dem sie bereits am Donnerstag gespeist
hatten. Ihm fiel sofort auf, wie ernst sie wirkte. Als er

sie zur Begrüßung umarmen wollte, schob sie ihn von sich weg.

„Ich sage nur ‚deutsche Touristin' und ‚Hotel Edelweiß'", hörte er sie in schneidendem Ton sprechen.

Es traf ihn völlig unvermittelt. Er fühlte sich ertappt, ohne dass er sich schuldig fühlte. Er hätte ahnen können, dass sich in dem kleinen Ort alles schnell herumsprach. Ihm ging durch den Kopf, ob es etwas geändert hätte, wenn er Daniela von Lisa erzählt hätte. „Wovon redest du?", fragte er um Zeit zu gewinnen und hörte sich nicht sehr überzeugend an.

„Tu nicht so! Das ist erbärmlich! Du weißt genau, wovon ich rede! Steh wenigstens dazu!"

Zu spät erkannte Silvestri, dass er die falsche Taktik gewählt hatte. Daniela stand abrupt auf und bewegte sich dem Ausgang zu. Er fasste sie an ihrem Arm, um sie zurückzuhalten. Sie schüttelte ihn ab und sagte schroff: „Lass mich!", und verließ das Lokal. Giovanni eilte ihr hinterher.

„Ich wollte dich nicht hintergehen und habe dich auch nicht hintergangen. Vielleicht war das keine gute Idee mit der Touristin. Irgendwie bin ich da schwach geworden, obwohl von vornherein klar war, dass das nichts werden konnte. Das hat doch mit uns nichts zu tun und ist vorbei. Das mit uns ist etwas völlig anderes. Du bist mir wichtig!"

Daniela schaute ihn traurig an, schüttelte den Kopf und ließ ihn stehen.

Er war ratlos. Nach Essen war ihm nicht mehr. Auch er verließ die Ladiner Stuben und ging zur Roma Bar. Dort setzte er sich an den Tresen, bestellte einen doppelten Whiskey und erzählte Jamal seine ganze Misere. Der versuchte ihn zu trösten. „Das wird schon wieder. Du musst dranbleiben. Das lohnt sich, so eine findest du nicht mehr so schnell!"

„Porco dio, das weiß ich doch. Ich versuche die ganze Zeit anzurufen, aber sie geht nicht an ihr Telefon."

„Gib ihr etwas Zeit. Komm erst mal wieder herunter. Iss etwas und trinke in Ruhe deinen Whiskey aus. Mit leerem Bauch wird's nicht besser. Dann überlegen wir weiter."

Ziemlich geistesabwesend verzehrte Silvestri das Sandwich, das ihm Jamal servierte, und begann sich zu beruhigen. Erneut versuchte er, seine Gedanken zu sortieren.

„Dimmi, was soll ich nur machen?", wandte er sich an seinen Freund.

„Glaube mir, du musst ihr zeigen, wieviel dir an ihr liegt und dass du es ernst meinst."

„Aber das habe ich doch schon probiert."

„Ja und? Versuchs erneut. Ich an deiner Stelle würde einen Blumenstrauß besorgen, zu ihr hingehen und alles erklären. Wenn's beim ersten Mal nicht funktionieren sollte, so oft wiederholen, bis es klappt."

„Schön und gut, woher bekomme ich jetzt einen Blumenstrauß. Hier im Ort gibt's ja nicht mal einen Blumenladen, und wenn, hätte der schon längst zu."

„Du hast Glück, ich habe heute Rosen für die Deko der Bar besorgt. Ich suche dir nachher die schönsten heraus. Wenn das mit dem Strauß keinen Eindruck macht."

Mit roten Rosen bewaffnet, machte sich Giovanni zu dem Haus auf, in dem sich Erikas Wohnung befand. Er klingelte an der Haustür, niemand öffnete. Nach mehreren vergeblichen Versuchen probierte er es bei einer anderen Wohnung. Tatsächlich hörte er den Türöffner summen. Er betrat den Hausflur. Den Strauß hielt er hinter seinem Rücken versteckt.

Eine ältere Dame streckte den Kopf aus der Tür der Nachbarwohnung und fragte ziemlich ungnädig, zu wem er zu so später Stunde noch wolle. Er entschuldigte sich und erklärte, er sei Mitglied der Carabinieri und müsse dringend einer Kollegin, die derzeit hier wohne, etwas bringen. Die Nachbarin schüttelte nur den Kopf und zog sich in ihre Wohnung zurück.

Er klopfte mehrmals vergeblich an Erikas Tür. Schließlich legte er die Rosen vor der Wohnungstür ab. Eigentlich wollte er auch ein paar Zeilen schreiben, fand aber in seiner Jacke weder Zettel noch Stift.

Die Nachbarin mochte er nicht erneut behelligen. Er hoffte, die Blumen würden für sich sprechen.

Mittwoch

Nachts geisterten durch Danielas Schlaf lebhafte Träume. Ein Mobile aus Tarotkarten drehte sich. Ringsherum saßen mehrere ältere Männer in tiefen Sesseln, qualmten Zigarren und stopften sich ihre Jackentaschen mit Geldscheinen voll.

Hin und wieder tanzte eine junge Frau durch die Gruppe, das Gesicht zu einer traurigen Fratze verzerrt.

Der junge Mann aus dem Fassatal, ihr Helfer in der Not, fuhr mit Christas roten Fiat vor und stieg aus. Wild gestikulierend sprach er auf sie ein. Wie durch Watte hörte sie nur unverständliche Wortfetzen.

Auch ihr Vater gesellte sich zu der Männergesellschaft und rief: „Heirate endlich einen gescheiten Ladiner!"

Als sie erwachte und langsam zu sich kam, war sie froh, dass alles nur ein Traum war. Sogleich versuchte sie die Traumbilder zu analysieren. Die Szene mit ihrem Vater war rasch zu entschlüsseln. Offensichtlich fiel es ihr nicht leicht, die Erwartungen des Vaters zu enttäuschen.

Dabei fiel ihr sogleich die Enttäuschung mit Giovanni ein. Über ihn wollte sie sich erstmal keine weiteren Gedanken machen.

Was aber wollte ihr der junge Mann mitteilen? Es schien wichtig zu sein und musste mit dem Mord zusammenhängen. Um ihrem Gedächtnis auf die Sprünge zu helfen, rief sie sich jede Einzelheit von Sonntagabend in Canazei in Erinnerung. Nach und nach verdichteten sich ihre Überlegungen zu einer Idee.

Gleich nach dem Aufstehen suchte die Kommissarin die Telefonnummer der Werkstatt Flatscher in Niederösch heraus und rief an. Der Meister selbst nahm den Anruf entgegen. Daniela Thaler stellte sich vor und bat ihn um einige Informationen. Der alte KFZ-Mechaniker gab bereitwillig die gewünschten Auskünfte. Endlich hatte sie eine heiße Spur.

Als sie das Telefonat beendet hatte, war sie aufgewühlt. Sie war sich jetzt sicher, wer hinter den ganzen Anschlägen steckte. Noch war sie unschlüssig, wie sie mit Silvestri umgehen sollte. Eigentlich müsste sie ihn umgehend informieren, wollte ihn aber im Moment nicht sprechen. Dafür schickte sie ihm eine SMS, in der sie ihm mitteilte, sie habe einen neuen Verdächtigen und kündigte an, in einer knappen Stunde in der Kaserne zu sein. Das Smartphone schaltete sie erneut aus.

Kurz darauf kam Erika in die Wohnung, in der linken Hand eine Tüte vom Bäcker, in der rechten einen Rosenstrauß und hielt beides hoch. „Schau, ich habe uns frische Brötchen für's Frühstück mitgebracht, und ein Rosenkavalier hat uns Blumen vor die Tür gelegt. Die sind sicher für dich."

Daniela erzählte nun ihrer Freundin die neuesten Ereignisse.

„Schön ist das nicht", meinte Erika dazu, „aber unsere ladinischen Männer sind viel schlimmer. Du weißt doch, wie die's mit den Touristinnen treiben. Denen ist völlig egal, ob zu Hause eine Freundin oder Ehefrau wartet. Und am allerschlimmsten sind unsere Skilehrer."

„Aber gerade so einen will ich ja nicht!", rief Daniela entrüstet.

Silvestri wachte heute, von innerer Unruhe getrieben, vor dem Wecker auf. Viel stand heute auf dem Spiel. Alles musste gelingen, endlich den Mörder fassen und vor allem Daniela zurückgewinnen. Im hintersten Winkel seiner Gedanken nagte das schmerzliche Gefühl, dass alles schief gehen könnte.

Sofort, nachdem er aufgestanden war, versuchte er Daniela zu anzurufen. Noch immer war sie nicht zu erreichen. Dies begann ihn nun zu ärgern.

„Sie kann doch nicht die Zusammenarbeit torpedieren, auch wenn sie mich für einen Gigolo hält. Das hat doch mit dem Dienstlichen nichts zu tun!", brummte er vor sich hin.

Seinem ersten Impuls folgend, wollte er am liebsten sogleich aufbrechen und den Fall alleine zu Ende bringen. Im Stehen nahm er rasch sein übliches Mini-Frühstück ein. Da erreichte ihn die neueste Nachricht von Daniela. Er versuchte sie erneut ans Telefon zu bekommen, ohne Erfolg. Seinen Ärger besänftigte dies nicht. „Jetzt lässt sie mich im Dunkeln tappen, und ich soll hier untätig herumsitzen!", schimpfte er. In den Diensträumen dann traf er auf Carbone und informierte ihn über sein weiteres Vorgehen. An Daniela schickte er eine SMS.

Reichlich aufgeregt fuhr er zum Tierarzt, um seiner neuen Spur zu folgen. Als er dort angekommen war, machte alles einen friedlichen Eindruck. Rauch stieg aus dem Schornstein. Es roch nach Holzfeuer. Die Geräusche der entfernten Strada Statale klangen nur gedämpft herüber. Silvestri klingelte. Nichts passierte.

„Carabinieri, öffnen!", rief er mehrfach.

Die Haustür war abgeschlossen. Merkwürdig, die Praxis hätte längst geöffnet sein müssen. Als der Oberleutnant mehrfach heftig pochte, hörte er Schlüssel klappern. Irina Goller sperrte auf. Sie wirkte aufgewühlt und sagte sogleich: „Wenn Sie zum Tierarzt wollen, der ist nicht zu sprechen."

„Das ist kein Problem, ich möchte zu Ihnen, Signora Goller."

Erkennbar widerwillig führte sie Silvestri in das leere Wartezimmer. Dort blieb er vor ihr stehen. „Sagen Sie bitte, was hatten Sie mit Signora Vella zu

218

tun?", fragte er jede Silbe betonend. Signora Goller schoss die Röte ins Gesicht, sie wich dem Blick des Oberleutnants aus.

„Wenig! Christa Vella stammt aus Niederösch, genauso wie ich, aber wir hatten nicht viel miteinander zu tun. Ansonsten war sie eine Patientin, genauer gesagt, ihr Hund Tux war der Patient, ein verwöhntes Hundevieh."

„Verraten Sie mir bitte, wo Sie sich letzte Woche in der Zeit von Montagnachmittag bis Dienstagmorgen aufhielten."

„Wieso fragen Sie?"

„Bitte beantworten Sie meine Frage."

„Wir haben die Praxis um circa sechs Uhr geschlossen. Ich bin direkt nach Hause gefahren, habe zu Abend gegessen, ferngesehen und mich schlafen gelegt."

„Haben Sie dafür Zeugen?"

„Ich war alleine zu Hause. Wozu brauche ich Zeugen?"

Plötzlich nahm der Oberleutnant ein schwaches Stöhnen aus dem benachbarten Sprechzimmer wahr und wandte sich der Tür zu. Er war keine drei Schritte weit gegangen, als er aus dem Augenwinkel eine rasche Bewegung bemerkte und Irina Goller rufen hörte: „Weg von der Tür und Hände hoch!"

Silvestri drehte sich verblüfft um. Die Sprechstundenhilfe hatte plötzlich ein Gewehr in den Händen und legte auf ihn an. Der Oberleutnant war viel zu überrascht, um sich ernsthaft zu ängstigen. Im Moment beschäftigte ihn mehr die Frage, wie er ein Gewehr übersehen konnte und wie es Signora Goller gelungen war, ihn zu überrumpeln, sagte aber: „Das hat doch keinen Sinn! Legen Sie ein umfassendes Geständnis ab, das werden die Richter strafmildernd werten. Weitere Gewalt macht alles nur schlimmer. Sie waren damals nicht schuld am Tod Ihrer Halbschwester Babette. Sie waren selbst noch ein Kind."

„Woher wissen Sie von Babette?"

„Nun, das habe ich recherchiert. Ich weiß allerdings immer noch nicht, warum Signora Vella sterben musste. Glauben Sie, Sie könnten damit den Tod Ihrer Schwester wieder gutmachen?"

„Erzählen Sie Witze?", platzte es aus Irina Goller heraus. „Natürlich war meine Mutter selber schuld. Warum hat sie nicht auf Babette aufgepasst, dann wäre sie nie gestorben. Immer wurde auf mir herumgetrampelt! Alle, die ich liebte, wurden mir weggenommen.

Am niederträchtigsten waren Daniela und Christa, die machten sich an den Franco ran! Nach allem, was ich für ihn getan habe. Franco hatte es ja kapiert, woran er bei der Daniela war, und hat ihr den Laufpass gegeben. Aber dann hat sich Christa den Franco geschnappt und wieder war ich die Dumme. Wenn der was passiert ist, ist sie selber schuld! Ich…"

Als sich Daniela Thaler nach dem gemeinsamen Frühstück mit Erika auf den Weg zur Carabinieri-Kaserne machte, schien die Sonne von einem wolken-losen Himmel herab. Die umliegenden Berge zeigten sich in ihrem prachtvollen Wintergewand.

Im Ort ging es schon lebhaft zu. Die Einheimischen erledigten ihre Einkäufe. Erste Touristen stapften in ihren schweren Skistiefeln zu den Liften. An der Kreuzung bei der Tankstelle traf sie auf Oberwachtmeister Moroder.

„Bon dé, Walter!"

„Bon dé, Daniela! Schön, dich zu sehen! Kannst du dem Oberleutnant Silvestri eine wichtige Information ausrichten? Ihr arbeitet ja an dem gleichen Fall!"

Kaum hatte die Kommissarin die Ausführungen des Dorfpolizisten vernommen, bedankte sie sich. Sie wollte sogleich Silvestri darüber informieren, schaltete ihr Smartphone wieder ein und las als erstes die Nachricht, die er vor mehreren Minuten abgesetzt hatte: ,Komm bitte zum Tierarzt. Ich habe neuen, dringenden Verdacht.' Sie beeilte sich und schritt auf kürzestem Weg zur Tierarztpraxis.

Als Thaler den Vorraum des Wartezimmers betrat, hörte sie durch die angelehnte Tür die letzten Worte von Irina Gollers Geständnis.

Während sie die Tür öffnete, ging das Gewehr los. Es klang lediglich nach einem Ploppen. Der

Oberleutnant war getroffen, konnte sich mit letzter Kraft gegen Irina Goller werfen und brach zusammen. Die Sprechstundenhilfe strauchelte, fand ihr Gleichgewicht wieder, wandte sich gegen die heranstürzende Kommissarin und schlug mit dem Gewehrkolben in Richtung ihres Kopfes. Geistesgegenwärtig wich diese zur Seite. Der Kolben schlug auf den Boden auf. Die Kommissarin entriss Goller das Gewehr.

Es kam zum zähen Ringen, die Sprechstundenhilfe groß und kräftig, Thaler sportlich und drahtig, beide wild entschlossen. Es ging hin und her, schließlich stieß Goller ihre Kontrahentin gegen die Tür des Behandlungszimmers. Diese schwenkte nach innen. Heraus sprintete Tux, der Irina Goller sofort anknurrte. Die Sprechstundenhilfe war kurz abgelenkt. Geistesgegenwärtig nutzte das die Kommissarin, um sie zu überwältigen und ihr die Handschellen anzulegen.

Im Sprechzimmer lag der Tierarzt ohnmächtig mit einer starken Schwellung an der Stirn und kam leise stöhnend zu Bewusstsein. Daniela Thaler untersuchte Silvestri und entdeckte einen Pfeil, der in seinem rechten Oberschenkel steckte. Irina Goller hatte offensichtlich den Oberleutnant mit einem Betäubungsgewehr außer Gefecht gesetzt. Die Kommissarin hoffte, dass er nicht die Dosis für einen ausgewachsenen Stier injiziert bekommen hatte - für jeden Menschen eine Überdosis. Sofort rief sie Notarzt und Carabinieri herbei.

Am Nachmittag erwachte Silvestri in ungewohnter Umgebung aus tiefem Schlaf. Er lag in einem Krankenhausbett mit einem weißen Patientenhemd bekleidet. Seitlich neben seinem Bett standen mehrere Apparate, mit denen er verkabelt war. Diese leuchteten und blinkten und gaben einen regelmäßig sich wiederholenden Piepton ab. All diese Eindrücke drangen nur wie durch Watte gedämpft in sein Bewusstsein.

Um sich über die Situation aufzuregen oder gar zu ängstigen, fehlte ihm die Energie. Er überlegte, wie er mit der Kabellage und dem hinten offenen Hemd aufstehen sollte, ohne die Geräte zu demolieren oder Anstoß mit seiner blanken Rückseite zu erregen.

Mehr beschäftigte ihn, wie er überhaupt in diese Situation gekommen war. Langsam, bruchstückhaft kam die Erinnerung. Auf ihn war geschossen worden, und von da ab hatte er einen Filmriss. Seltsamerweise konnte er keine Wunde an sich entdecken.

Nach und nach fiel ihm ein, was sich vor dem Schuss ereignet hatte. Als er dabei war, die Puzzlestücke seines Gedächtnisses zu sortieren, öffnete sich die Tür des Krankenzimmers und Daniela trat ein. „Wie schön, dass du da bist!", begrüßte er sie und strahlte sie an, so gut es ihm in seinem sedierten Zustand möglich war.

„Bin ich froh, dich wieder unter den Lebenden zu sehen! Hast du mir einen Schrecken eingejagt! Immerhin, eines muss ich dir lassen, langweilig ist es mit dir nicht."

Sie berichtete, was sich ereignet hatte und dass Irina Goller verhaftet worden war.

„Ein Glück, dass Senoner ein Tierarzt und kein Jäger ist. Wenn das ein richtiges Gewehr gewesen wäre, nicht auszudenken. Wo war der Tierarzt eigentlich, als das alles passierte?", erkundigte sich Silvestri.

„Als Irina Goller deine Stimme vor der Haustür hörte, griff sie zum Betäubungsgewehr. Franco sah das und wollte sie zurückhalten, da kam es zu einer Rangelei, in die sich auch Tux einmischte und Irina attackierte. Die versetzte Tux einen kräftigen Tritt und Franco einen Hieb mit dem Gewehrkolben auf den Kopf", erzählte Thaler.

„Habt ihr Irina Goller bereits vernehmen können?", interessierte sich Silvestri.

„Ja, Carbone gelang das. Mir gegenüber war sie einsilbig. Erst als ich aus dem Raum gegangen war und der Brigadiere alleine mit ihr sprach, legte sie ein umfassendes Geständnis ab. Es war Mord aus Eifersucht. Sie betrachtete Franco als ihren Mann und konnte die Liebesbeziehung zwischen ihm und Christa nicht ertragen", berichtete die Kommissarin.

„Schon verrückt, Signora Aurelia hatte den richtigen Riecher, als sie von der Spur der Liebe sprach.

224

Aber ist so viel Eifersucht nicht krankhaft?", meinte der Oberleutnant.

„Schon seit ihrer Kindheit litt Irina Goller unter massiven Verlustängsten und fühlte sich ausgegrenzt. Erst starb der Vater, als sie jung war. Dann war sie bei der Mutter und dem Stiefvater abgemeldet, als ihre Halbschwester auf die Welt kam. Und nicht zuletzt der Tod ihrer Schwester, den verziehen ihr die Eltern nie", erläuterte Thaler und fuhr fort: „Außerdem gestand sie den Anschlag auf mich. Sie glaubte, ich wäre erneut drauf und dran gewesen, wieder mit Franco anzubandeln. Aber wie bist du überhaupt der Dame auf die Schliche gekommen?"

„Ich habe mich gefragt, ob es hier in den letzten Jahren schon einmal einen Anschlag mit angesägten Bremsschläuchen gab", antwortete Silvestri. „Und dann bin ich darauf gestoßen, dass vor sechs Jahren eine Frau in der Nähe von Meran einen schweren Unfall wegen manipulierter Bremsschläuche hatte. Die Meraner Kollegen erzählten, dass diese Frau die Freundin des dortigen Tierarztes war. Dreimal darfst du raten, wer seine Tierarzthelferin war."

„Gute Idee! Warum haben wir nicht von Anfang an nach vergleichbaren Fällen gesucht?", warf Daniela Thaler ein.

„Nachher ist man immer schlauer! Jedenfalls hatte ich dann ein aufschlussreiches Telefonat mit den Kollegen aus dem Fassatal und erfuhr von dem tragischen Unfall, bei dem Irina Gollers kleine Stiefschwester Babette starb. Die Kleine ertrank im Mühlenteich, als die achtjährige Irina auf sie aufpassen sollte. Danach wollte niemand mehr etwas mit ihr zu tun haben. Außerdem kam sie mir bei meinem letzten Besuch in der Tierarztpraxis eigenartig abweisend vor.

Ich hätte gerne heute mit dir gemeinsam den Fall zu Ende gebracht. Deshalb habe ich mehrfach versucht, dich zu anzurufen, aber du warst ja nicht zu erreichen", erklärte der Oberleutnant und fragte seinerseits: „Hattest du eigentlich auch Signora Goller im Verdacht?"

„Nun ja, fast stand es in den Karten. Ich habe das Tarot befragt", erwiderte Daniela Thaler. „Aber ernsthaft, ich habe gestern in der Früh mit Meister Flatscher aus Niederösch telefoniert und dabei erfahren, dass Irina Gollers Familie im Nachbarhaus wohnte und sie als Jugendliche gerne in der Autowerkstatt mithalf. Also kannte sie sich mit Autos aus. Da ging mir ein Licht auf."

„Habt ihr auch herausgefunden, ob sie den Überfall auf mich begangen hat?", wollte der Oberleutnant wissen.

„Ja, auch das hat sie gestanden, nachdem wir sie damit konfrontiert hatten, dass wir genetisches Material von ihr auf deiner Kleidung gefunden haben. Diese Tat schien ihr sogar leid zu tun. Als du ihren

Wagen fotografiert hast, ist sie in Panik geraten. Sie befürchtete, dass ein Zeuge ihr Auto wiedererkennen würde, das sie genutzt hatte, als sie sich an Christas Fiat zu schaffen machte. Sie wusste ja nicht, dass wir nach einem dunklen SUV suchen. Die Bilder von dem entwendeten Handy hat sie gelöscht und ihren Wagen auf einem Parkplatz in Bruneck abgestellt, um ihn vor uns zu verstecken", antwortete die Kommissarin.

„Ottimo! Dann ist unser erster gemeinsamer Fall restlos gelöst", freute sich Silvestri.

„Ach, du glaubst an weitere gemeinsame Fälle? Aber wie auch immer, wenn du auf mich gewartet hättest, wärst du gar nicht in diese missliche Lage gekommen."

„Jetzt wird's aber lustig! An mir lag das nicht! Aber ich will mich jetzt nicht mit dir streiten. Hilf mir bitte und bring mir meine Klamotten. Die müssen ja irgendwo im Schrank sein. Die Kabel und den Schlauch bekomme ich selber ab, und dann fahr mich so schnell wie möglich fort von hier."

„Aber auf deine eigene Verantwortung! Unterwegs werde ich für Tux einen extra großen Knochen kaufen. Ihm haben wir zu verdanken, dass Irina Goller abgelenkt war und ich sie überwältigen konnte", beendete Daniela Thaler das Gespräch.

Epilog

Irina Goller wurde zu fünfzehn Jahren Gefängnis verurteilt. Als strafmildernd wurden ihre schwere Kindheit und ihr Geständnis gewertet. Sie sitzt im Frauengefängnis in Bozen ein und hat sich in ihren Gefängniswärter verliebt...

Giovanni Silvestri erholte sich rasch. Er wurde vom Capitano belobigt und bekam von höherer Stelle in Aussicht gestellt, bald selbst zum Capitano befördert zu werden.

Einen großen Teil seiner Freizeit verbringt er damit, die Bauobjekte der Le Spate zu recherchieren. Seit April trainiert er auf dem Fahrrad für den Dolomitenmarathon. So langsam freundet er sich mit den Bergen an. Und seit Daniela ihm sein Abenteuer mit Lisa verziehen hat und sich wieder mit ihm trifft, ist sein Glück nahezu perfekt...

Daniela Thaler wurde sowohl für die Lösung des Falls, als auch für die Rettung des Oberleutnants vom Staatsanwalt und ihren Vorgesetzten gelobt. Sogar Capitano Di Salvo schickte ihr ein Dankesschreiben im Namen der Carabinieri.

Ihr Vater hat sich inzwischen bei ihr entschuldigt. Seither besucht sie wieder regelmäßig den Hof in Grones. Zur Frage, ob sie Giovanni ihrem Vater vorstellen soll, sucht sie noch die Antwort…

Glossar

a s'udëi, ladinisch:	auf Wiedersehen
ACI:	Automobilclub Italiens
bun dé, lad.:	guten Tag
canzoni, it.:	Lieder
come stai, it.:	wie geht's
con piacere, it.:	mit Vergnügen
cun tè me stai saurì, lad.:	mit dir fühle ich mich wohl
dimmi, it.:	sage mir
fannullone, it.:	Faulpelz
genitle, it.:	Verehrte, Verehrter
incö te diji no, lad.:	heute sage ich dir nein
mi chiamo, it.:	ich heiße
mi dipiace, it.:	ich bedaure
ottimo, it.:	bestens
porca miseria, it.:	verdammte Sch…
salve, it.:	hallo
scusi, it.:	Entschuldigung
strada statale, it.:	Staatsstraße
va bene, it.:	OK, gut
ütia, lad.:	Hütte, Almhütte

Anmerkungen

Die vorliegende Geschichte ist fiktiv, ebenso die darin vorkommenden Personen. Namensgleichheiten sind rein zufällig und lassen keinerlei Rückschlüsse auf reale Personen zu.

Der Dolomitenort Colvilla liegt im Alta Badia, findet sich jedoch auf keiner Landkarte. Wer das Alta Badia kennt, möge sich ausgesuchte Bereiche der Ortschaften Colfosco, Corvara und La Villa vorstellen und sie im richtigen Verhältnis wieder zusammenfügen und kommt so Colvilla ziemlich nahe.

In einem relativ kleinen Ort wie Colvilla wird man tatsächlich Hotels, Restaurants, Bars und Geschäfte finden, die dem Tourismus dienen. Möglicherweise gibt es auch eine Kaserne der Carabinieri. Allerdings hätte der Befehlshaber den militärischen Rang eines Maresciallo und nicht den eines Capitano.

Danksagung

Bedanken möchte ich mich bei Eva, die die Geduld aufbrachte, mich immer wieder zu beraten.

Bei Gertrud, die mir den Abstoß zu dieser Geschichte gab.

Bei meiner Frau Gerhild, die alle Versionen konstruktiv und kritisch begleitet hat.

Bei Evelyn und Christl, die dafür sorgten, dass der Fehlerteufel nicht überhandnimmt.

Bei Helma, Astrid, Wanda, Wiebke und meinem Bruder Dietrich, die mir wichtige Tipps gaben.

Bei Frau Adam, die mich zu dem Projekt ermutigte.